Marliese Arold, geboren 1958, studierte Bibliothekswesen in Stuttgart und arbeitet seit 1983 als freie Schriftstellerin. Für Kinder und Jugendliche Geschichten ausdenken und aufschreiben ist für sie das Schönste. Marliese Arold lebt heute mit ihrem Mann und ihren beiden Kindern in Erlenbach.
In der Fischer Schatzinsel sind von ihr erschienen: ›Die Cityflitzer‹ (Bd. 80272), ›Oskars ganz persönliche Geheimdatei‹ (Hardcover, Bd. 85040), ›Oskars ganz persönliche Krisendatei‹ (Hardcover, Bd. 85058), ›Crazy Emma‹ (Hardcover, Bd. 85047).

Stephan Baumann wurde 1965 in München geboren. Schon während seiner Schulzeit verdiente er sich mit seinen Zeichenkünsten sein Taschengeld. Er studierte Diplom-Kommunikations-Design an der Fachhochschule in München und illustrierte 1993 sein erstes Abenteuerbuch, dem bis heute viele Kinderbücher folgten.

Marliese Arold

Die Cityflitzer jagen den Computerhacker

Mit Bildern von Stephan Baumann

Fischer Taschenbuch Verlag

Fischer Schatzinsel
Herausgegeben von Markus Niesen

Veröffentlicht im Fischer Taschenbuch Verlag GmbH,
Frankfurt am Main, September 1999

Lizenzausgabe mit freundlicher Genehmigung des
Verlages arsEdition, München
Weitere Cityflitzer-Titel von Marliese Arold erschienen beim
Verlag arsEdition München:
›Die Cityflitzer‹ ISBN 3-7607-3727-7
›Die Cityflitzer voll in Fahrt‹ ISBN 3-7607-3731-5
›Die Cityflitzer jagen den Computerhacker‹ ISBN 3-7607-3755-2

Gesamtherstellung: Clausen & Bosse, Leck
Printed in Germany
ISBN 3-596-80302-0

Nach den Regeln der neuen Rechtschreibung

Die Cityflitzer jagen den Computerhacker

Glückspilz Nina

»Rate, was passiert ist!«, japste Nina und ließ sich auf Vanessas Bett plumpsen. »Da kommst du nie drauf! Nie im Leben!«

Vanessa wunderte sich gar nicht. Dass ihre Freundin manchmal ein bisschen ausflippte, war nichts Neues.

»Du bist verknallt!«

Nina tippte sich an die Stirn. »Du spinnst wohl!« Liebe – das war kein Thema für Nina. Bis auf eine Ausnahme vielleicht …

»Niklas hat sich in dich verknallt«, riet Vanessa weiter.

»Der doch nicht«, meinte Nina. »Der liebt seine Inline-Skates und sonst nichts.«

»Genau wie du.«
Nina streckte ihr die Zunge raus. »Rate weiter.« Sie genoss es, Vanessa zappeln zu lassen.
»Du hast im Lotto gewonnen!«
Nina grinste. »Nein, aber fast so gut!« Sie wühlte in ihren Hosentaschen. »Heute ist das hier mit der Post gekommen.« Bei diesen Worten zog sie eine leere Chipstüte heraus.
»Sensationell«, spottete Vanessa.
»Nein, das doch nicht.« Nina förderte noch einen alten Einkaufszettel und zwei klebrige Bonbons zu Tage, ehe sie endlich ein zusammengefaltetes Blatt Papier in der Hand hielt. »Lies das!«
Vanessa faltete den zerknitterten Brief auseinander. »Oh!«, sagte sie. Der Briefkopf sah amtlich aus, mit Wappen und Schnörkeln. »Vom Kultusministerium.« Sie hob misstrauisch den Kopf. »Fliegst du etwa von der Schule?«
»Ganz im Gegenteil.« Nina wippte ungeduldig auf dem Bett. »Lies doch weiter. Oder warte, ich les es dir vor.«
Sie entriss Vanessa den Brief und ratterte den

Text in so einem Höllentempo herunter, dass Vanessa nur Bruchstücke verstand.

»... gratulieren ... Tochter ... Jahrgangsbeste Belohnung ... Aufenthalt ... Sporthotel ... zehn Tage lang ... Computerkurs ... Skifahren Snowboard.«

Nina ließ den Brief sinken und strahlte honigkuchenpferdemäßig.

»Stopp«, sagte Vanessa. »Wofür wirst du belohnt?«

»Weil ich Jahrgangsbeste der Gebrüder-Grimm-Schule bin.«

»Bist du doch gar nicht!«

»Steht aber in dem Brief.« Nina war fast beleidigt. »Und der ist vom Kultusministerium.«
Vanessa überflog nun selbst die Zeilen. Es stimmte. Man lobte Nina in dem Schreiben für ihre außergewöhnlich guten schulischen Leistungen. Zu diesem Computerkurs in einem Sporthotel wurden landesweit nur die allerbesten Schüler eingeladen.
»Förderungsprogramm für Hochbegabte«, murmelte Nina. »Kannst du dir was darunter vorstellen?«
»Klar«, sagte Vanessa. »Da trifft sich die Hyperintelligenz. Nur zukünftige kleine Einsteins. All die Schlauköpfe werden dann von einem noch gescheiteren Lehrer unterrichtet.«
Nina verzog das Gesicht. »Eigentlich hab ich eher an viel Spaß im Schnee gedacht. Skifahren. Snowboard. Auf den ganzen anderen Rest pfeife ich gerne.«
»Wie kommen die bloß auf dich?«, grübelte Vanessa. Ninas Leistungen in den meisten Schulfächern waren mies bis katastrophal. Ohne Vanessas Hilfe wäre Nina aufgeschmissen. »Jahrgangsbeste! Ausgerechnet du!«

»Nur kein Neid«, meinte Nina.
»Quatsch. Ich überleg doch bloß. Irgendjemand im Kultusministerium scheint dich für ein Genie zu halten.«
Nina lächelte. »Na bitte. Endlich erkennt einer meine wahren Qualitäten.«
»Heb bloß nicht ab. Deine wahre Stärke liegt im Faulenzen. Darin bist du die Nummer eins.«
»Sag ich doch.« Nina nickte zufrieden und steckte den Brief wieder ein. Sie wollte sich deswegen nicht den Kopf zerbrechen. Sie wusste selbst, dass sie diese Belohnung nicht verdient hatte, aber wenn man sie in ein Sporthotel einlud, dann würde sie auch fahren. Nur der angekündigte Computerkurs machte ihr Sorgen. Darauf stand sie überhaupt nicht. Aber bestimmt gab es Möglichkeiten, sich davor zu drücken und stattdessen im Schnee rumzusausen.
Vanessa grübelte noch immer. »Wie die bloß auf dich gekommen sind?«
»Sicher wieder mal ein Fall von Computerwahnsinn, was sonst?«, vermutete Nina.

»Eine durchgeknallte Maschine, die meinen Namen ausgespuckt hat … Diese Computer sind doch sowieso alle bekloppt! Was bin ich froh, dass ich kein solches Ding zu Hause habe.«
Ninas Blick wanderte zu dem Computer, der in Vanessas Zimmer stand. Vanessa war ein totaler Freak, ganz die Tochter ihres Vaters. Der war nämlich Programmierer. Nina seufzte. Solche Leute konnte sie einfach nicht verstehen. Die bekamen viereckige Augen und einen steifen Nacken und saßen wie hypnotisierte Kaninchen vor ihren Bildschirmen, während sie voller Begeisterung auf der Tastatur herumhackten.
Dabei tobte draußen vor der Tür das wilde Leben. Nina bekam Lust, auf der Stelle ihre Inline-Skates anzuschnallen. Sie sprang auf.
»Kommst du mit zum Uferkai? Ich bin diese Woche noch kein einziges Mal gefahren!«
Typisch Nina! Es war Montag.
Vanessa schüttelte den Kopf. »Und unser Referat für Bio?«
Deswegen war Nina ja eigentlich gekommen.

Die beiden Freundinnen wollten zusammen einen Vortrag über die Hauskatze vorbereiten. Vanessa wusste: Wenn sie jetzt nachgab, dann würde sie todsicher wieder alles ganz allein machen müssen.
»Ach, das blöde Referat«, knurrte Nina, aber sie ließ sich wieder aufs Bett fallen. »Muss das wirklich sein?«
»Es muss.« Vanessa blieb hart. Sie nahm Zettel und Bleistift aus der Schreibtischschublade. »Also, was weißt du über Katzen?«

»Sie kratzen.«

»Und was machen sie noch?«

»Sie fressen nur das Futter aus der Fernsehreklame.«

Vanessa warf den Bleistift hin. »Du bist wirklich eine große Hilfe. Ich dachte, du weißt alles über Katzen. Ihr habt schließlich mal eine gehabt.«

»Da war ich drei«, verteidigte sich Nina. »Glaubst du, ich hab so ein tolles Gedächtnis, dass ich mir alles merken kann?«

»Klar. Wenn du schon einen Hochbegabten-Urlaub geschenkt bekommst, dann kann man das wohl erwarten«, fand Vanessa.

»Außerdem ist uns die Katze bloß zugelaufen«, erinnerte sich Nina. »Jeden Tag hat sie uns eine tote Maus vor die Tür gelegt. Einmal war es sogar eine Ratte und Mama hat Schreikrämpfe gekriegt. Danach sind wir hierher in die Großstadt gezogen.«

Vanessa runzelte die Stirn. »Das kann ich nicht aufschreiben«, entschied sie.

»Ach, schreib doch, was du willst«, murrte Nina. Sie hatte jetzt wirklich keine Lust mehr.

Schließlich wusste jeder, was eine Katze war. Wozu mussten sie dann überhaupt dieses blöde Bioreferat halten?

Vanessa las, was sie bisher geschrieben hatte: *Die Katze. Ein Vortrag von Vanessa Schlüter und Nina Hansen.* Mehr stand noch nicht auf dem Zettel.

»Lass uns jetzt wenigstens 'ne Pause machen«, forderte Nina.

»Pause?«, wiederholte Vanessa. »Wir haben doch eben erst angefangen.«

»Trotzdem. Mir brummt der Schädel. Ich brauch Sauerstoff. Lass uns zwischendurch mal rausgehen.«

Vanessa gab nach. Im Moment interessierten Katzen sie auch nicht besonders. Viel lieber hätte sie gewusst, wieso Nina diese Einladung bekommen hatte. Nina als Jahrgangsbeste der Gebrüder-Grimm-Schule, das war wirklich völlig hirnrissig!

Nina flitzte nach Hause, um ihre Inline-Skates anzuschnallen.

Vanessa packte ihre Skates in eine Tasche. Sie fuhr mit den Dingern ungern U-Bahn. Sollte

Nina ruhig darüber spotten! Die hatte sich schließlich nicht den Knöchel gebrochen …

Am Uferkai trafen die beiden Mädchen ihre Klassenkameraden Anton und Niklas. Nina erzählte natürlich brühwarm von ihrem wichtigen Brief.

»Du als Jahrgangsbeste, das ist ein guter Witz«, rief Anton.

»Das müsste mir mal passieren«, seufzte Niklas. »Ohne besondere Anstrengung plötzlich die besten Noten zu haben!«

»Ich glaube, keiner von uns hätte was gegen bessere Noten«, sagte Anton. Er hockte sich neben Vanessa auf die Bank und sah zu, wie sie umständlich ihre Füße in die Stiefel zwängte.

»Sind deine Zehen schon wieder länger geworden?«, neckte er sie.

»Nein, die Schuhe sind geschrumpft«, konterte Vanessa. Sie stand auf und machte ein paar Probeschritte. »Glaubst du auch, dass ein durchgeknallter Computer dran schuld ist?«

»Wie, an deinen Schuhen?«

»Nein, an dem Brief, du Quatschmonster!«

»Möglich«, meinte Anton. »Denk doch an die wahnwitzigen Rechnungen, über die sich die Leute aufregen, wenn wieder mal der Telefoncomputer spinnt ...«

»Mein Vater behauptet, Computer drehen nicht durch«, sagte Vanessa. »Entweder hat die Hardware, also die Kiste selbst, 'ne technische Macke. Oder das Programm ist fehlerhaft. Kommt immer wieder mal vor. Aber meistens sind die Menschen selbst schuld. Die geben was falsch ein oder drücken blöde Befehle –

und peng, spuckt der Computer nur noch Unsinn aus.«

Vanessas Vater musste es wissen. Trotzdem fand Anton einen verrückt gewordenen Computer viel interessanter. Erst neulich hatte er eine Geschichte gelesen, in der ein Computer größenwahnsinnig geworden war und die Herrschaft auf einem Planeten an sich gerissen hatte. Jeder Untertan, dem sein Leben lieb war, musste den Computer mit »Eure elektronische Majestät« anreden. Anton hätte es spannend gefunden, wenn im Kultusministerium etwas Ähnliches passiert wäre. Oder noch besser in der Gebrüder-Grimm-Schule … Ein Computer, der die Unterrichtsstunden steuerte und die 5b beispielsweise zu sechs Wochen Sonderferien verdonnerte … Anton grinste. Wär gar nicht so schlecht.

»Lach nicht so doof«, fauchte Vanessa. »Mein Vater kennt sich echt aus.«

Anton versicherte, dass er nicht daran zweifeln würde. Aber Vanessa war nicht mehr zu bremsen. Auf ihren Vater ließ sie nichts kommen.

»Ohne meinen Paps hätte unsere Schule einpacken können. Das Projekt Stadtgeschichte hätte nie geklappt, wenn er nicht extra ein Programm dafür geschrieben hätte ...«

Anton verdrehte die Augen. Alles, was nun folgte, wusste er längst. Sogar die Zeitung hatte ausführlich darüber berichtet. Eine Arbeitsgruppe der Oberstufe hatte sich eingehend mit der Stadtgeschichte beschäftigt und unzählige Informationen gesammelt. Michael Schlüter, Vanessas Vater, hatte dazu ein Computerprogramm geschrieben, mit dem sich alle Informationen ordnen und leicht wieder auffinden ließen. Er hatte auch vorgeschlagen, die gesammelten Informationen öffentlich zugänglich zu machen.

Jeder, der einen Computer mit entsprechendem Modem hatte, konnte sich ins Computernetz der Gebrüder-Grimm-Schule einwählen. So konnte man erfahren, wann beispielsweise das Rathaus erbaut worden war oder wie der derzeitige Bürgermeister hieß.

Die Gebrüder-Grimm-Schule war sehr stolz auf dieses Projekt. Und Vanessa auf ihren Vater. Anton spürte einen Stich Eifersucht. Er wäre für den Rest seines Lebens superselig, wenn Vanessa ein einziges Mal so von ihm schwärmen würde wie von ihrem Vater ... Aber da konnte er wahrscheinlich warten, bis er schwarz wurde. Obwohl, einmal hatte Vanessa ihn sogar geküsst. Anton schloss bei der Erinnerung verträumt die Augen.

»Entschuldige, wenn ich dich langweile«, sagte Vanessa pampig. »Aber ich hab gedacht, du interessierst dich für Computer.« Damit sauste sie beleidigt davon.

»Tu ich ja auch.« Anton flitzte hinterher. Herrje, so war es doch gar nicht gemeint gewesen. Vanessa war manchmal furchtbar empfindlich. Aber meistens war sie ein prima Kumpel. Und süß obendrein ...

Vanessa drehte sich so plötzlich um, dass Anton nicht mehr bremsen konnte und buchstäblich in ihre Arme fuhr. Für einen Moment – der nach Antons Meinung ruhig hätte länger dauern können – klammerten sie sich aneinander. Dann hatten sie beide ihr Gleichgewicht wieder und Vanessa ließ Anton los.

»Danke«, stammelte Anton verlegen.

»Du, ich muss dich mal was fragen«, begann Vanessa.
»Ja?« Antons Herz begann wild zu klopfen.
Sie sah ihm tief in die Augen. »Weißt du was über Katzen?«

Wer hat die Biologienote verhext?

»Kaulquappen?«, fragte Bohne überrascht. Eigentlich hieß er ja Karlheinz Bohn. Er war Referendar für Biologie und Chemie, siebenundzwanzig, dürr und rotblond. Seinen Spitznamen hatte er gleich am ersten Tag bekommen. Bohne unterrichtete die 5b erst seit einer Woche. Der alte Biologielehrer war mitten im Schuljahr krank geworden.
»Kaulquappen«, wiederholten Nina und Vanessa wie aus einem Mund.
Bohne räumte einen ausgestopften Habicht in den Glasschrank zurück.
»Wie die zu kleinen Fröschen werden, ist total interessant«, sagte Vanessa. »Jedenfalls viel in-

teressanter als Katzen.« Sie erwähnte natürlich nicht, dass Nina und sie in einem Tiermagazin einen tollen Artikel über Kaulquappen und Frösche gefunden hatten. Den konnten sie für ihr Referat einfach nur abschreiben …

»Hm.« Bohne zögerte. »Ihr beide wollt also euer Thema ändern?«

»Genau.« Vanessa nickte.

Nina schüttelte gerade die Hand von Erwin, dem lebensgroßen Skelett. Die Lehrer beteuerten zwar immer wieder, dass das Skelett nur aus Kunststoff bestünde, aber Erwin sah so täuschend echt aus, dass man eine Gänsehaut bekommen konnte.

»Und wer erzählt dann etwas über die Katze?«, fragte Bohne.

Vanessa und Nina hoben die Schultern. Ob Daniel, Theresa oder der Weihnachtsmann das Referat über die Katze halten würde, das war ihnen schnurzegal. Hauptsache, sie wurden die blöde Katze los!

Aber Bohne erklärte, dass die Katze auf dem Lehrplan stünde und er das Thema nicht einfach unter den Tisch fallen lassen konnte.

»Es ist leider zu spät, um das Referatthema zu ändern«, meinte er. Er sah ihre enttäuschten Gesichter und räusperte sich. »Na ja … äh … nimmst du vielleicht die Kaulquappen?«, fragte er Vanessa. »Und du die Katze?« Dabei sah er Nina an.

»Es war aber ausgemacht, dass wir das Referat immer zu zweit halten«, empörte sich Nina gleich.

Bohne war ratlos. Er kannte seine neuen Schüler noch zu wenig. Er konnte nicht einfach alle Regeln des früheren Biolehrers umstoßen, wenn er sich nicht völlig unbeliebt machen wollte. Bohne blickte auf seine Armbanduhr. Die Pause war gleich zu Ende.

»Ich muss dringend ins Sekretariat«, verkündete er.
Umsonst, er wurde Vanessa und Nina nicht los. Die beiden Mädchen hefteten sich ihm an die Fersen und so marschierten sie zu dritt ins Sekretariat.
»Tag, Sigrid«, begrüßte Bohne die Sekretärin, Frau Reh, die gerade damit beschäftigt war, Briefe zu frankieren.
»Hallo, Karlheinz.« Sie lächelte zurück. Frau Reh duzte sich mit den meisten jüngeren Lehrern. Sie war fast immer nett und freundlich, versorgte verletzte Schüler mit Jod, Pflaster und aufmunternden Worten, tippte Unterrichtsbefreiungen und machte für aufgeregte Eltern Termine beim Schulleiter aus. Frau Reh war einfach unentbehrlich für den reibungslosen Ablauf des Schulalltags.
»Ich muss mal an den Computer«, erklärte Bohne. Er zwängte sich zwischen den Schreibtischen und den Kartons mit gerade eingetroffener Deutschlektüre durch. Vor dem Fenster stand der Computer. Ein Tastendruck genügte und der dunkle Bildschirm wurde hell. Bohne

gab sein Passwort und einen Befehl ein, darauf erschienen auf dem Monitor lauter Namen und Zahlen. Jetzt erst merkte Bohne, dass Vanessa und Nina noch immer hinter ihm standen.

»He, das hier ist nichts für die Öffentlichkeit!« Bohne stellte sich geistesgegenwärtig vor den Computer, aber er verdeckte ihn nur unzureichend. Dickere Lehrer hätten damit keine Probleme gehabt. »Was wollt ihr denn noch?«

»Das Referat über Kaulquappen«, fing Vanessa wieder an, aber Nina starrte mit glänzenden Augen auf den Bildschirm.

»Das ist doch unsere Klasse. Werden da alle Noten eingegeben?«

Bohne seufzte. »Ja.« Wie wurde er die beiden Nervensägen bloß wieder los? »Wollt ihr vielleicht wissen, wie ihr zurzeit in Biologie steht?«

Vanessa und Nina nickten. Klar interessierte sie das. Sie wussten zwar, was sie in den schriftlichen Arbeiten geschrieben hatten, aber die mündlichen Noten musste man immer extra erfragen.

»Na gut.« Bohne drehte sich um. Die Namensliste auf dem Bildschirm stoppte bei Schlüter, Vanessa.
»In den schriftlichen Arbeiten eine Drei und eine Zwei plus, mündlich dreimal eine Zwei«, las Bohne vor. »Wenn du so bleibst, gibt das im Zwischenzeugnis eine Zwei.«
Vanessa nickte. Damit hatte sie gerechnet.
»Und ich?«, fragte Nina.
»Hansen, Nina«, murmelte Bohne. »Zweimal eine Eins in den Arbeiten, mündlich eine Zwei und eine Eins. Du stehst im Moment auf einer Eins. Gratuliere.« Er grinste Nina an. »Ich wusste gar nicht, dass du so gut bist.«
»Ich auch nicht«, antwortete Nina und wurde knallrot.
Vanessa starrte ungläubig auf den Bildschirm, dann wechselte sie mit Nina einen Blick.
»Das mit dem Referat geht klar«, entschied Bohne. »Für die Katze muss ich eben jemand anderen finden. Habt ihr noch etwas auf dem Herzen?«
Die beiden Mädchen schüttelten den Kopf.
»Danke«, sagte Vanessa.

»Danke«, echote Nina. Dann zogen sie ab.

»Die Vier ist weg«, jubelte Nina draußen vor der Tür. »Einfach weg!« Die erste Arbeit in Biologie hatte sie ziemlich vermurkst. Bei der zweiten hatte sie immerhin eine Drei geschrieben.

Vanessa schüttelte ungläubig den Kopf. Sie konnte es nicht fassen.

»Jemand hext an meinen Noten herum«, freute sich Nina. »Ich kann schreiben, was ich will, ab sofort kriege ich nur noch Einsen!«

Sie hüpfte wie Rumpelstilzchen auf einem Bein.

»Du meinst«, Vanessa zögerte, das Wort auszusprechen, »es ist Magie?«

»Hexerei, Magie, Zauberei – ganz egal. Hauptsache, es funktioniert. Und das tut es!«

»Ich glaub nicht an Magie«, widersprach Vanessa. »Das Ganze ist höchstens fauler Zauber!«

»Das musst du erst mal beweisen«, forderte Nina. »Erst der Brief vom Kultusministerium und jetzt auch noch die Noten im Schulcomputer ...«

»Da gibt es bestimmt einen Zusammenhang«, grübelte Vanessa.
»Du meinst, dass beide Computer gleichzeitig spinnen?«, erwiderte Nina. »Tut mir Leid, das nehme ich dir nicht ab. So einen Zufall gibt's gar nicht!«
Da musste Vanessa ihrer Freundin Recht geben. Aber deswegen gleich an Hexerei zu glauben? Vanessa war nach wie vor davon überzeugt, dass es eine logische Erklärung geben musste.
»Magie ist es jedenfalls nicht«, beharrte sie.
»Ach, und warum nicht?«
»Weil ...« Vanessa hatte einen Geistesblitz. »Dann müsste ja auch die Vier auf deiner Arbeit verschwunden sein.« Sie glaubte nicht, dass sich rote Lehrertinte einfach verzaubern ließ. »Du lässt dir deine Arbeit einfach noch mal von Bohne raussuchen.«
Nina zeigte einen Vogel. »Bist du verrückt? Wenn dann die Vier noch draufsteht, ist meine schöne Note kaputt!«
»Hm.« Vanessa nagte an ihrer Unterlippe. Sie wusste, dass die schriftlichen Arbeiten irgend-

wo im Schulkeller aufbewahrt wurden. »Dann fragen wir eben den Hausmeister. Wir sagen, dass wir etwas Wichtiges nachschauen müssen.«
»Meinst du, der macht da mit?«
»Keine Ahnung. Wir probieren es einfach.«
Gleich nach dem Unterricht zogen die Mädchen los. Taktisch geschickt kaufte Vanessa beim Hausmeister zuerst eine Rolle Schokokekse, bevor sie mit ihrem Wunsch rausrückte.
Der Hausmeister zögerte. »Ich glaube nicht, dass ich den Raum überhaupt für Schüler aufsperren darf.«
»Ach, bitte, tun Sie's ausnahmsweise für uns«, bat Vanessa. »Es ist total wichtig.«

»Es geht nämlich um Leben und Tod«, behauptete Nina.
Vanessa stieß sie in die Rippen. So übertreiben musste Nina ja auch nicht gleich. »Quatsch, wir haben gewettet«, schwindelte Vanessa. »Um eine große Pizza.«
»Na ja, dann«, brummte der Hausmeister und grinste. »Also gut, kommt mit.«
Der Archivraum lag im Keller, ganz am Ende eines Gangs. Der Hausmeister schloss die Tür auf und schaltete das Licht an.
»Verflixt«, entfuhr es ihm. »Da ist ein Abflussrohr undicht!«
Jetzt sahen auch die beiden Mädchen die Bescherung. An einer Stelle tropfte es von der Decke herunter. Die Wand dahinter war schon ganz durchnässt. Grüne, samtige Schimmelpilze wuchsen auf dem Putz. Außerdem stank es modrig wie in Draculas Gruft.
Nina hielt sich die Nase zu. Das Wasser hatte schon einige Kartons durchweicht und die Arbeiten darin waren zu einem pampigen, unleserlichen Papierklumpen geworden.
Der Hausmeister rückte eilig die heilen Kar-

tons vom tröpfelnden Wasser weg. »Jetzt muss ich euch direkt dankbar sein«, murmelte er. »Bis nächste Woche wäre der Schaden bestimmt noch viel größer geworden.«
Vanessa und Nina halfen dem Hausmeister, die Kartons auf den trockenen Gang zu tragen. Während der Hausmeister sein Werkzeug holte, um das tropfende Rohr abzudichten, suchten die Mädchen nach dem Karton, in dem die Arbeiten der 5b aufbewahrt wurden.
»Ich hab's!«, schrie Nina plötzlich.
»Zeig her!«
Gespannt beugten sich die beiden über die Schachtel. Die Bioarbeiten lagen obenauf, alphabetisch geordnet.
»Hansen, Nina«. Vanessa hatte die richtige Arbeit gefunden. Sie hielt das Blatt hoch. »Was hab ich gesagt?«
Die Vier stand noch immer dick und fett auf dem Papier. Nina machte ein enttäuschtes Gesicht. »Schade.«
»Hast du im Ernst geglaubt, dass die Vier weg ist?«
Nina zuckte mit den Schultern. Vielleicht hat-

te sie es tatsächlich ein bisschen geglaubt. Schließlich passierten ja manchmal Wunder. Und wer hatte schon etwas dagegen, über Nacht zum Topstar der Schule zu werden? Und das ganz ohne Anstrengung! Ohne Vorbereitung die besten Arbeiten schreiben, eine Fremdsprache beherrschen, ohne Vokabeln pauken zu müssen, aus heiterem Himmel Mathe kapieren … Super wäre das!

Vanessa legte das Blatt zurück. Der Hausmeister erschien wieder und machte sich an die Arbeit. Die Mädchen fragten, ob sie noch etwas helfen sollten, aber er schüttelte den Kopf.

»Geht nach Hause, das schaffe ich schon. An die nasse Wand muss sowieso ein Fachmann ran! Eine schöne Schweinerei ist das hier.«

Nina und Vanessa nahmen ihre Taschen und verließen das Schulgebäude. Beide waren sehr schweigsam.

Nina war immer noch ein bisschen enttäuscht und Vanessa zermarterte sich das Hirn, wie sich derselbe Fehler in den Schulcomputer und ins Kultusministerium einschleichen konnte. Selbst in der U-Bahn grübelte sie noch, aber sie kam nicht drauf.

Es stinkt zum Himmel!

Anton war entzückt, als seine Zimmertür aufging und Vanessa hereinkam. In seinem Bauch begann ein ganzer Schwarm wild gewordener Maikäfer herumzusurren.

»Hallo, Nessie!« Anton spürte, dass er knallrot wurde.

»Hallo, Anton.« Vanessa hockte sich auf einen Stuhl und fing sofort an zu erzählen, was sie und Nina erlebt hatten.

»Wenn du mich fragst – die Sache stinkt zum Himmel«, schloss sie. »Das Ganze sieht schwer nach Absicht aus. Ein undichtes Rohr, Wasser, das die Arbeiten aufweicht … da hat garantiert jemand nachgeholfen. Bloß wer?« Sie runzelte die Stirn. »Und warum?«

Anton hörte seiner Freundin zu. Aber bevor er den Mund aufmachen konnte, redete Vanessa schon weiter.

»Ich hab vorhin meinen Vater gefragt, wann Computer spinnen und ob das ansteckend sein kann.«

»Und?« Anton war gespannt, welche schlaue Erklärung der Fachmann geben würde, wenn Computer gleich reihenweise durchdrehten.

»Also«, fing Vanessa an, »zumindest den Brief vom Kultusministerium kann er sich erklären. Jede Schule muss ja Statistiken abliefern und mein Paps meint, es hinge sicher damit zusammen.«

Anton wusste, was Statistiken waren: langweilige Aufstellungen mit lauter Zahlen, beispielsweise wie viele Eier ein Huhn im Monat durchschnittlich legte. Oder wie viele Stunden ein Elfjähriger in der Woche fernsah. Oder wie viele Schüler der Klasse 5b in Mathe eine Drei hatten. Statistiker waren Leute, die ihr Leben damit verbrachten, alle möglichen Sachen zu zählen und Tabellen damit zu füllen. Anton konnte sich wirklich Schöneres vorstellen.

»Statistiken lassen sich ganz leicht mit dem Computer erstellen«, fuhr Vanessa fort. »Und unsere Sekretärin hat wahrscheinlich so eine Tabelle ausgedruckt und ans Kultusministerium weitergeschickt. Und weil der Fehler schon im Computer drin war, ist er auf diese Weise ins Kultusministerium gekommen. Deswegen hat Nina den Brief gekriegt.«
»Klingt logisch«, musste Anton zugeben. Es war wirklich enttäuschend, dass es im Kultusministerium keinen durchgedrehten Computer oder keinen ausgeflippten Briefeschreiber gab. Alles stinknormal, leider. Anton hatte schon auf ein Schreiben gehofft, dass die Ferien auf acht Monate pro Jahr verlängert würden.
Vanessas Augen glitzerten. »Damit wäre der Brief erklärt. Aber wie der Fehler in den Schulcomputer reingekommen ist, weiß mein Vater auch nicht.«
Anton lebte wieder auf. Jetzt konnte er damit glänzen, was er über Computer wusste.
»Ein Hacker«, vermutete er gleich. »Jemand hat sich ins Schulnetz eingeklinkt und pfuscht jetzt an unseren Noten herum.«

Vanessa war leider überhaupt nicht beeindruckt. »Ich hab natürlich auch gleich an einen Hacker gedacht«, sagte sie. »Aber mein Vater meint, das sei ganz unmöglich.«

Anton bekam eine Riesenwut auf Vanessas Vater. Dieser Neunmalklug! Immer wusste er alles besser! »Und warum nicht?«, fragte Anton pampig.

Er stellte sich schon vor, wie es wäre, einen echten Hacker zu jagen. Hacker waren Menschen, die sich klammheimlich in fremden Computern einloggten und dort die Daten auf den Kopf stellten. Es musste sehr aufregend sein, einen Hacker zu erwischen!

Aber Vanessa holte Anton schnell wieder zurück in die Wirklichkeit.

»Mein Vater sagt, der Computer im Sekretariat hängt nicht am Netz. Es kann sich also auch kein Hacker von außen einloggen.«

»Moment mal«, fiel ihr Anton ins Wort. »Jeder kann doch unsere Schule anwählen und Informationen über die Stadtgeschichte abrufen.« Das stand doch sogar in der Zeitung. Aber auch darauf wusste Vanessa eine Antwort.

»Der Computerarbeitsraum und der Computer im Sekretariat sind nicht miteinander vernetzt«, behauptete sie.
»Woher weißt du das?«, hakte Anton nach.
»Weil es mein Vater ausdrücklich gesagt hat.«
Anton hätte sich am liebsten die Ohren zugehalten. Mein Vater hier, mein Vater dort – Anton konnte es nicht mehr hören! Klar, Vanessas Vater hatte fachlich bestimmt einiges auf dem Kasten und konnte großartige Programme schreiben. Aber Anton wusste schließlich auch eine ganze Menge über Computer!
»Der Computer im Sekretariat ist damals absichtlich nicht an die anderen Computer angeschlossen worden«, erzählte Vanessa. »Aus Sicherheitsgründen. Denn die Schüler der Computerarbeitsgruppe hätten dadurch vielleicht irgendwie Zugang zu ihren Noten gekriegt …«
Es kribbelte in Antons Zehen. Das klang doch richtig spannend!
»Mein Vater glaubt, dass es einfach ein Versehen war«, fuhr Vanessa fort. »Entweder die

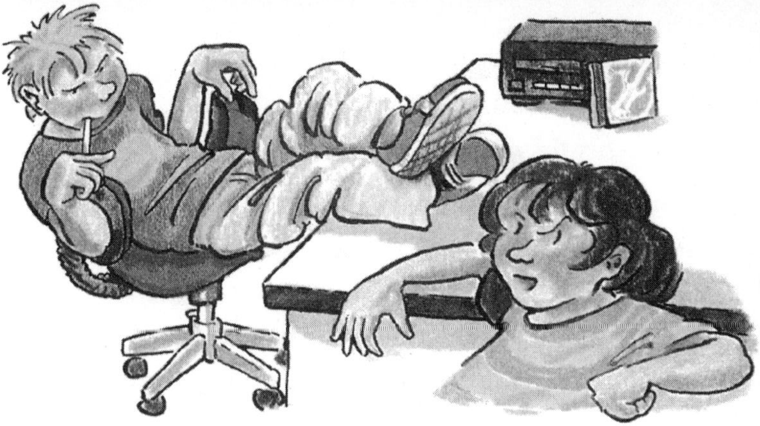

Sekretärin oder ein Lehrer hat Ninas Noten falsch eingegeben. Man kann auf den Tasten ganz leicht danebengreifen. Mein Vater meint, wir sollen uns nicht aufregen.«

»Nicht aufregen!« Anton platzte fast. Das war doch ungeheuerlich!

»Ich reg mich ja auch auf«, gab Vanessa zu. »Ich glaub nicht, dass Paps diesmal Recht hat. Die Sache stinkt zum Himmel, das hab ich vorhin schon gesagt.«

Anton war halbwegs versöhnt. Eigentlich müsste man diesen Tag rot anstreichen. Vanessa machte an ihrem Supervater freiwillig ein paar Abstriche!

»Ich hab den Geruch immer noch in der

Nase«, sagte Vanessa. »In dem Keller hat's wirklich gestunken wie die Pest.«
Anton fand es ausgesprochen anziehend, wie sie ihre Nase krauste. Er hätte ihr am liebsten einen Kuss draufgedrückt, aber er traute sich nicht.
»Da geht jemand nach Plan vor«, behauptete Vanessa und blickte so konzentriert ins Leere, als könnte sie den Täter dadurch zwingen, ihr zu erscheinen. »Ich glaub nicht an ein Versehen. So dusselig ist Frau Reh nicht. Falsche Noten einzutippen! Wenn sie nicht sorgfältig arbeiten würde, wär sie ihren Job längst los. Bohne dagegen würde ich so eine Schusseligkeit zutrauen. Es macht mich bloß stutzig, dass bei Nina nicht nur die Bionoten verändert sind. Die anderen Noten auch. So, als hätten sich alle Lehrer abgesprochen. Und das ist unwahrscheinlich, das musst du zugeben.«
»Hm«, machte Anton. Sein Gehirn lief auf Hochtouren. Die Idee mit dem Hacker fand er logisch. Aber warum sollte sich ein Hacker mit Ninas Noten beschäftigen? Anton grübelte. Das Ganze wurde immer rätselhafter.

Es half alles nichts, sie mussten auch einen Plan machen. Anton holte Papier und Bleistift und fing an, wahllos Stichpunkte und Vermutungen hinzukritzeln. Vanessa schaute ihm neugierig über die Schulter.

»Und was gibt das?« Sie tippte auf einen Kreis, den Anton gerade gezeichnet hatte.

»Das ist der Kreis der Verdächtigen«, erklärte Anton. Er überlegte kurz und schrieb hinein: »Bohne – alle anderen Lehrer der Gebrüder-Grimm-Schule – Frau Reh – ein unbekannter Hacker.«

Vanessa nickte. Damit war der Kreis schon ziemlich voll.

Anton zögerte. »Eigentlich müsste ich Ninas Namen auch reinschreiben.«

Vanessa zeigte ihm einen Vogel. »Bist du jetzt völlig durchgeknallt? Dann kannst du ja auch gleich mich verdächtigen.«

»Aber Nina hätte ein gutes Motiv.« Anton seufzte und legte den Bleistift weg. Na gut, um der Freundschaft willen verzichtete er eben auf Vollständigkeit.

»Und was jetzt?«, fragte Vanessa.

»Na ja, ist doch klar«, behauptete Anton. Dabei war gar nichts klar. Das hatte er nur gesagt, um Zeit zu gewinnen. Irgendein genialer Einfall musste ihm jetzt doch kommen. Er starrte auf seinen Zettel und hoffte, dass der Name des Täters darauf zweimal aufblinken würde. Aber ihm fingen nur die Augen an zu tränen. Das passierte den Detektiven im Fernsehen nie. Anton hatte noch nie einen Kommissar gesehen, der Rotz und Wasser heulte, weil er völlig ratlos war.

Vanessa wurde ungeduldig. »Ich kapier gar nichts, tut mir Leid.«

»Na ja, ich meine …« Anton tippte auf den Kreis, »ich meine, wir müssen einfach jeden davon überprüfen.« Er fand, dass sich das schon sehr gut anhörte. »Wer war wo … zur Tatzeit und so.«

»Die Tatzeit kennen wir doch gar nicht«, meinte Vanessa.

»Das ist ein wichtiger Punkt«, bemerkte Anton und notierte: »Tatzeit unbekannt.« Er unterstrich das Wort Tatzeit und ergänzte: »Möglicherweise nachts, vielleicht auch tagsüber.«

»Ach«, schnaubte Vanessa ärgerlich und schlug so heftig auf die Tischplatte, dass Anton vor Schreck den Bleistift fallen ließ. »Wir wissen eigentlich gar nichts, verdammt noch mal!«

»Doch«, widersprach Anton. »Es haben sich Noten verändert und das Rohr ist undicht. Vielleicht absichtlich angebohrt, um die Arbeiten zu vernichten. Wir könnten das Rohr auf Fingerabdrücke untersuchen.«

»Da findest du jetzt sicher nur noch die Fingerabdrücke vom Hausmeister.« Vanessa winkte ab. »Außerdem könnte der Täter mit Handschuhen gearbeitet haben. Und selbst wenn wir die Fingerabdrücke hätten – womit sollen wir sie vergleichen?«

»Mit dem Kreis der verdächtigen Personen natürlich.«

»Klar, wir bitten also ganz einfach jeden Lehrer um Fingerabdrücke«, spottete Vanessa. »Das ist total unauffällig. Wir können ja sagen, dass wir die Fingerabdrücke für die Schülerzeitung brauchen.«

So ging das nicht, Anton sah es ein. Nieder-

geschlagen stützte er sein Kinn in die Hände. »Es gibt zwei Möglichkeiten«, murmelte er. »Entweder sind wir zu doof oder der Fall ist zu kompliziert.«
»Du bist zu doof!«, fauchte Vanessa genervt. »Ich hab gedacht, von dir kommt ein vernünftiger Vorschlag. Aber da hab ich mich leider getäuscht!«
Sie griff nach ihrem Anorak und war schon bei der Tür.
»Warte doch.« Anton lief ihr nach und erwischte sie gerade noch am Ärmel. »Ich weiß ja was. Ich ...«
»Ja?« Vanessa sah ihn abwartend an.
Anton schluckte. Plötzlich hatte er tatsächlich eine Idee.

»Der Hacker … ich meine das, was dein Vater gesagt hat …« Vor lauter Aufregung schlugen die Gedanken in seinem Kopf Saltos. »Ich muss mir den Sekretariatscomputer unbedingt mal ansehen. Ich will wissen, ob tatsächlich kein Hacker von außen rankann.«

Vanessa schwieg. Anton wurde unsicher. War die Idee doch nicht so gut? Aber dann grinste Vanessa.

Ihm plumpste vor Erleichterung ein Felsen vom Herzen.

»Ich hab auch schon einen Plan, wie wir das machen könnten«, sagte sie und zwinkerte ihm verschwörerisch zu.

Ein Kabel zu viel

»Wieso ausgerechnet ich?«, fragte Niklas verblüfft, als Vanessa am nächsten Tag von ihrem Plan erzählte.

»Weil Jungs viel wehleidiger sind als Mädchen«, sagte Vanessa und sah Niklas so strahlend an, dass Anton wieder einen Stich Eifersucht spürte.

Niklas war so fassungslos, dass er nicht mal widersprach. Er nickte. »Na gut, ich mach's.«

»Wir brauchen mindestens fünf Minuten«, schärfte Vanessa ihm ein.

»So lange musst du uns Frau Reh vom Hals halten.«

Niklas hatte kapiert.
In diesem Augenblick erschien Herr Miers auf dem Gang. Er war der Klassenlehrer der 5b. Nina, Vanessa, Anton und Niklas schlüpften schnell zurück ins Klassenzimmer und setzten sich auf ihre Plätze.
»Guten Morgen allerseits«, begrüßte Herr Miers die Klasse und stellte seine schwarze Aktenmappe mit einem Plumps aufs Pult. »Gut gelaunt und ausgeschlafen? Seid ihr gut vorbereitet?« Er grinste und zog einen Stapel Blätter aus der Mappe. »Wir schreiben nämlich einc Arbeit.«
Das war eine böse Überraschung am frühen Morgen.
»Wie gemein«, zischte Nina.
»Einspruch!«, rief Daniel.

Jetzt hagelte es noch mehr Protestrufe.
»Schon wieder!«
»Das Thema ist doch noch gar nicht fertig!«
»Wir haben keine Lust!«
Aber Herr Miers ließ sich nicht beeindrucken, sondern verteilte die Aufgabenblätter.
»Zehn Minuten Zeit.« Er legte seine Armbanduhr aufs Pult. »Und wer abschreibt oder beim Spicken erwischt wird, kriegt sofort eine Sechs.«
Vanessa starrte auf die Fragen und kaute ratlos an ihrem Füller. Es erwischte sie diesmal völlig blank. Gestern hatte sie wirklich wichtigere Dinge zu tun gehabt, als für Erdkunde zu lernen. Wie hießen die linken und rechten Nebenflüsse des Rheins? Verflixt, was sollte sie bloß hinschreiben?
Verstohlen schielte sie zu Nina. Hoffnungslos – wie immer! Nina malte gerade einen Schlumpf, der wie Herr Miers aussah.
»Ich schlumpfe Erdkunde«, flüsterte Nina.
Herr Miers hatte gute Ohren.
»Ich hab dich gewarnt, Nina.« Schon stand er neben der Bank, grapschte nach dem Blatt und

entdeckte sein Porträt. »Aha. Und wer soll das sein, bitte?«
Nina zuckte die Schultern und machte ein gleichgültiges Gesicht. Mochte Herr Miers doch denken, was er wollte!
Vanessa bewunderte Nina dafür, dass sie in solchen Situationen völlig ruhig bleiben konnte.
In diesem Moment landete ein Papierkügelchen auf Vanessas Tisch. Geistesgegenwärtig legte sie sofort ihre Hand darauf. Das war die Rettung! Sicher stammte das Kügelchen von Niklas, dem Erdkunde-Champion! Vanessa warf einen vorsichtigen Blick zu Herrn Miers, der noch immer den Schlumpf betrachtete,

dann drehte sie sich um und schaute zu Niklas. Der kritzelte emsig. Als er kurz aufsah, warf sie ihm eine hastige Kusshand zu.
Niklas wurde rot, lächelte verlegen und senkte seinen Kopf rasch wieder über sein Blatt.
Herr Miers hatte zum Glück nichts von alldem bemerkt. Aber Anton hatte alles gesehen. Der zusammengeknüllte Zettel stammte doch von ihm! Und Niklas hatte den Luftkuss gekriegt! Das Leben konnte verdammt ungerecht sein!
Vanessa wartete, bis Herr Miers Nina das Blatt zurückgegeben hatte und wieder nach vorne ging. Dann faltete sie das Papierkügelchen vorsichtig auseinander und schrieb die Flussnamen ab. Unauffällig stieß sie Nina unter der Bank an und schob ihr dann den Spickzettel zu. Hoffentlich hatte Niklas keinen Fehler gemacht und sich mit der Reihenfolge der Flüsse vertan, sonst flog die ganze Sache am Ende doch noch auf. Aber Niklas kannte Deutschland ja wirklich in- und auswendig. Seine Mutter war eine berühmte Pianistin und hatte schon überall Konzerte gegeben.

Herr Miers schaute auf seine Uhr. »Die zehn Minuten sind gleich um.«
Nina schrieb schnell noch den letzten Flussnamen hin. Dann malte sie ihrem Miers-Schlumpf noch eine Sprechblase und schrieb hinein: »Hab alles geschlumpft, ätsch!«
Der Lehrer ließ die Blätter einsammeln, verstaute sie in seiner Tasche und begann mit dem Unterricht. Anton hörte kaum zu. Er war mit seinen Gedanken ganz woanders. Er brannte darauf, Vanessa zu sagen, dass der Zettel von ihm stammte. Was würde sie dann tun? Konnte man einen Luftkuss rückgängig machen?
Doch als die Stunde zu Ende war, hörte Vanessa ihm gar nicht richtig zu. Sie hatte nur noch ihren Plan im Kopf.
In den nächsten beiden Stunden hatte die 5b Sport. Da die Turnhalle in einem anderen Gebäudeteil lag, fiel es nicht so sehr auf, wenn einige Schüler ein paar Minuten zu spät kamen. Der Zeitpunkt war jedenfalls günstig. Jetzt würden auch nicht so viele Leute ins Sekretariat kommen wie in der Pause.

»Alles hängt von dir ab«, betonte Vanessa und sah Niklas wieder mit einem ihrer eigentümlichen Blicke an, die Anton keinem anderen gönnte. Außerdem fand er es reichlich übertrieben, wie sie Niklas' Rolle bei dem Ganzen betonte. Klar, Niklas musste die Sekretärin ablenken, aber war das, was Anton tun sollte, nicht ebenso wichtig? Er wollte die Leitungen des Sekretariatscomputers überprüfen und dazu musste er schließlich scharfsinnig kombinieren ...

Nina sollte das Sekretariat bewachen. Falls ein Lehrer auf dem Gang aufkreuzte, musste sie ihn aufhalten und ihn möglichst in ein Gespräch verwickeln.

Anton war ziemlich nervös.

Niklas, gestützt von Vanessa, marschierte ins Sekretariat.

Frau Reh zuckte erschrocken zusammen. »Du lieber Himmel, was ist denn mit dir passiert?«

»Ich bin gestürzt«, ächzte Niklas. »Voll auf den Kopf geknallt. Mir ist so schlecht.« Er schwankte sichtbar.

Frau Reh wurde fahl. Im Laufe ihrer Tätigkeit

hatte sie schon viele Unfälle bei Schülern erlebt, aber jedes Mal litt sie mit. Sie bugsierte Niklas ins Nebenzimmer auf die Liege.
Niklas stöhnte so schrecklich, dass es selbst Vanessa eiskalt überlief.
Unterdessen schlüpfte Anton ins Sekretariat und ging zielstrebig zu dem Computer am Fenster.
Seine Hände zitterten, als er die Rückwand untersuchte. So viele Kabel! Eines führte zur Tastatur. Ein Kabel verband den Rechner mit dem Bildschirm. Eines führte zur Steckdose. Eines zum Drucker. Wenn jetzt jemand reinkam! Konnte man sich auf Nina verlassen? Sie hätten ein Warnsignal ausmachen sollen, einen schrillen Pfiff beispielsweise …
Vier Kabel also. Nein fünf. Oder doch nur vier? In der Aufregung fing Anton noch einmal an zu zählen. Nein, es waren fünf. Welches hatte er noch nicht kontrolliert? Wo führte es hin? Es verschwand hinter einem Schränkchen. Anton musste in die Ecke spähen. Es war dunkel, aber Anton konnte erkennen, dass das Kabel in einer Dose in der Wand verschwand.

Sein Herz klopfte wild. Vanessa machte ihm vom Nebenraum aus ein Zeichen. Gebückt schlich Anton an den Schreibtischen vorbei zur Tür. Dann richtete er sich auf und ging hinaus. Auf dem Gang unterhielt sich Nina gerade mit einem jungen Lehrer.

»Man muss die Skates natürlich unbedingt regelmäßig warten«, sagte Nina gerade. »Es gibt auch Geschäfte, die das machen, aber das kostet natürlich 'ne Kleinigkeit.«

»Ich überleg's mir«, meinte der Lehrer und ging in Richtung Sekretariat. Nina entdeckte Anton. Sie konnte ihr Opfer also entlassen.

»Sie können gerne noch mehr Tips von mir kriegen«, rief sie ihm nach. »Ich bin in der 5b.«

»Danke«, sagte der Lehrer und verschwand.

»Puh«, sagte Nina. »Ich hätt mir nie träumen lassen, dass ich mal so 'nen langen Vortrag über Inline-Skates halten muss. Hat's bei euch geklappt?«

Anton nickte. »Genau, wie ich mir's gedacht habe. Da ist tatsächlich ein Kabel, das ich mir nicht erklären kann. Es verschwindet in einer Dose in der Wand.«

»Na, dann war's doch ein voller Erfolg, oder?«, fragte Nina.
In diesem Augenblick kam Vanessa aus dem Sekretariat heraus. Sie hatte den letzten Satz mitgekriegt.
»Ein voller Erfolg, wirklich. Niklas muss erst mal 'ne Stunde liegen bleiben«, erzählte sie. »Es hätte nicht viel gefehlt und Frau Reh hätte den Krankenwagen gerufen.«
»Der Arme, dabei ist Sport doch sein Lieblingsfach!«, sagte Nina mitfühlend.
»Und?« Vanessa wandte sich an Anton. »Hast du was rausgefunden?«
»Für meine Begriffe hat der Computer ein Kabel zu viel«, erklärte Anton und erzählte, wo die Leitung verschwand.
»Hm«, machte Vanessa. »Direkt über dem Sekretariat ist der Computerraum ...«
»Das Kabel könnte durch die Wand nach oben führen«, überlegte Anton.
»Aber es wäre doch aufgefallen, wenn jemand in der Wand herumgebohrt hätte«, gab Nina zu bedenken.
»Noch nie was von Leerrohren gehört?«, fragte

Vanessa. »Die legt man schon beim Bauen, für spätere elektrische Leitungen und so. Damit man nicht jedes Mal wieder die Wand aufklopfen muss. Ich wette, in unserer Schule gibt's massenweise Leerrohre.«
»Habt ihr denn keinen Unterricht?«, fragte eine ältere Lehrerin spitz. Sie ging gerade vorbei. »Es hat schon lange gegongt.«
»Oh, wirklich?« Vanessa tat erstaunt. »Ich hab gar nichts gehört. Dann müssen wir schleunigst los. Danke, Frau Langhals-Nieselmeyer!«
Die drei sausten in die Turnhalle.

Reingelegt!

Anton wäre bestimmt knallrot geworden, wenn er gehört hätte, wie Vanessa ihn vor ihrem Vater verteidigte.

»Anton ist kein Spinner«, sagte sie und stampfte mit dem Fuß auf. »Und mit Computern kennt er sich aus. Der weiß, wie viele Kabel ein Gerät braucht. Und er hat sich bestimmt nicht geirrt. Wenn er sagt, dass da ein Kabel zu viel ist, dann stimmt das!«

Vanessas Vater seufzte. Es war manchmal wirklich nicht einfach, eine Tochter zu haben, vor allem wenn sie so hartnäckig war wie Vanessa.

»Meine liebe Vanessa«, begann er, »ich weiß

nicht, was ihr euch da einbildet, aber ich bin völlig sicher, daß der Computer im Sekretariat nicht mit den anderen Computern zusammenhängt.«

»Und warum bist du da so sicher?«

»Weil ich mir das Gerät noch vor einigen Wochen angesehen habe.«

Diese Antwort nahm Vanessa ein wenig den Wind aus den Segeln. Trotzdem glaubte sie nicht, dass Anton ein Geisterkabel in den Händen gehalten hatte.

»Gut, du hast damals kein Kabel gesehen«, sagte sie. »Aber vielleicht ist jetzt eins da.«

Herr Schlüter rollte genervt mit den Augen. »Und wer in aller Welt soll die Computer vernetzt haben?«

»Der Täter natürlich.«

Vanessas Vater stöhnte. »Man kann einen einzelnen Computer nicht einfach so an ein Computernetz hängen«, erklärte er dann. »Ein Kabel allein bringt gar nichts. Man muss den Computer erst aufschrauben und eine passende Netzkarte einsetzen. Erst dann können die Daten untereinander ausgetauscht werden.«

»Du meinst, ein Kabel reicht gar nicht?«, fragte Vanessa bestürzt.
Ihr Vater nickte.
Vanessa ließ die Schultern hängen und verließ das Wohnzimmer. Sie musste gleich Anton anrufen. Was für eine Schlappe! Da hatten sie eine wichtige Entdeckung gemacht und dann war das Ganze völlig umsonst.
Ganz langsam wählte sie Antons Nummer.
»Dachs«, meldete sich eine Jungenstimme.
»Hier ist Vanessa«, sagte Vanessa matt. »Hallo, Anton. Du, es gibt total schlechte Nachrichten …« Sie erzählte ihm, was ihr Vater gesagt hatte.
Anton schwieg.
»Anton, bist du noch dran?«
Er antwortete noch immer nicht.
Vanessa schüttelte den Hörer. »Anton?«
Endlich hatte Anton seine Sprache wiedergefunden. »Und was machen wir jetzt?«, fragte er enttäuscht.
»Anton!«, schrie Vanessa ins Telefon. »Du hast das fünfte Kabel doch wirklich gesehen?«

»Ich bin doch nicht blind.«
»Könntest du dir vorstellen, dass jemand den Computer aufgeschraubt und so 'ne Karte eingesetzt hat?«
»Keine Ahnung, Nessie. Am besten fragst du deinen Vater.«
»Genau!«, sagte Vanessa und legte entschlossen auf. Sie marschierte ins Wohnzimmer.
»Papa, wenn du nicht willst, dass Anton überschnappt –«
Herr Schlüter sah von seiner Computerzeitschrift auf. »Was sagst du, Vanessa?«
Vanessa ließ zehn Minuten lang ein Schmeichel-Bettel-Zorn-Programm vom Stapel. Danach war ihr Vater mit seinen Nerven am Ende und gab nach.
»Meinetwegen, ich seh mir den mysteriösen Computer mal an. Frau Reh kennt mich ja gut, da gibt's bestimmt keine Schwierigkeiten.«
So kam es, dass Vanessa und ihr Vater eine halbe Stunde später über den menschenleeren Schulhof liefen. Ein paar Tauben pickten die Brotkrümel auf, die von der Pause übrig geblieben waren. Vanessa und ihr Vater hatten unter-

wegs kein Wort gesprochen. Herr Schlüter hatte nur in regelmäßigen Abständen geseufzt.
Wenig später standen die beiden im Sekretariat. Frau Reh lächelte Vanessa und ihren Vater an.
»Hallo, Herr Schlüter, wie geht es Ihnen?«
»Och, ich wollte mich nur mal erkundigen, was die Computerarbeitsgruppe macht. Funktioniert das Programm noch? Kommen oft Anfragen von außen?«
So gut wusste Frau Reh leider nicht darüber Bescheid, aber sie hatte von der Arbeitsgruppe nur Gutes gehört. Herr Schlüter und Frau Reh redeten noch eine Weile über das Projekt Stadtgeschichte, während Vanessa von einem Fuß auf den anderen trat. Wann würde sich ihr Vater endlich den Computer vornehmen?
»Ja, ja, die Computer«, sagte Herr Schlüter schließlich. »Die Technik entwickelt sich da ja so rasch weiter. Was für ein Gerätetyp ist das eigentlich dort am Fenster? Kann ich mir den Computer noch einmal kurz ansehen?«
Selbstverständlich durfte er. Vanessa beobachtete ihren Vater gespannt. Würde er das über-

zählige Kabel auch finden? Oder hatte sich Anton tatsächlich geirrt?
»Seltsam«, meinte Herr Schlüter, nachdem er einen Blick auf den Computer geworfen hatte.
Vanessas Herz fing an zu klopfen.
»Was ist denn los?«, fragte die Sekretärin.
Vanessa spitzte die Ohren.
»Hier wurde ein neues Kabel angeschlossen.«
Herr Schlüter zückte seinen Schraubenzieher.
»Gestatten Sie, dass ich den Computer mal aufschraube? Ich mache bestimmt nichts kaputt.«
Frau Reh zögerte. »Der Computer ist erst kürzlich gewartet worden.«
»Gewartet?«, fragte Herr Schlüter nach.
»Na ja, vor ein paar Wochen war ein Techniker da, der hat das Gerät aufgemacht und nachgesehen, ob alles in Ordnung ist. Er hat auch gesagt, dass dieses Kabel ran müsste …« Frau Rch stockte.
»Und?«
»Er hat noch gesagt, dass ich den Computer am besten übers Wochenende eingeschaltet lassen soll, damit sich der Akku wieder aufladen

kann.« Sie hob die Schultern. »Ich versteh ja nichts von Computern …«
»Hm«, machte Herr Schlüter, »das erklärt eine Menge.« Er warf seiner Tochter einen kurzen Blick zu. »Welche Firma hat denn den Techniker geschickt?«
»Keine Ahnung«, sagte Frau Reh. »Das hat er nicht gesagt. Ich kann mich jedenfalls nicht daran erinnern.«
»Haben Sie keine Rechnung bekommen?«
Frau Reh überlegte und schüttelte dann den Kopf. »Nein.«
»Sehr merkwürdig«, meinte Herr Schlüter.
Frau Reh wurde rot. »Ja. Jetzt, wo Sie es sagen,

kommt es mir auch komisch vor. Damals ist mir nur aufgefallen, dass der Techniker ungewöhnlich jung war. Aber er schien sich gut auszukennen.«

»Vielleicht hat er sich ein bisschen zu gut ausgekannt«, brummte Vanessas Vater.

»Wie meinen Sie das?« Frau Reh zog die Augenbrauen hoch.

»Einen Moment bitte.« Herr Schlüter schraubte den Computer auf, warf einen kurzen Blick ins Innere und nickte dann. »Ganz, wie ich mir's gedacht habe.«

Vanessa und Frau Reh reckten den Hals, um auch in den Computer zu schauen.

»Jemand hat hier eine Netzkarte eingesteckt«, erklärte Herr Schlüter. »Der Computer wurde mit den anderen Computern im Arbeitsraum zusammengekoppelt.«

»Ist das gefährlich?« Frau Reh starrte den Computer misstrauisch an. »Fliegt die Maschine jetzt gleich in die Luft oder was?«

Vanessa grinste.

»Das nicht gerade«, antwortete Herr Schlüter. »Aber jetzt kann jemand von außerhalb Zugang zu den geheimen Schülerdaten bekommen und gerade das ist offenbar schon passiert. Erzähl, was ihr herausgefunden habt, Vanessa.«

Während Vanessa berichtete, wurde Frau Reh immer bleicher. »Dann bin ich auf einen falschen Techniker reingefallen?«

»Sieht ganz danach aus«, meinte Herr Schlüter.

»Er war sehr jung, trug einen Schnurrbart und eine Brille«, erinnerte sich Frau Reh.

»Schnurrbart und Brille brauchen nicht echt gewesen zu sein«, sagte Vanessa sofort.

»Vielleicht war es ein Schüler«, vermutete Herr Schlüter. »Ist er Ihnen nicht irgendwie bekannt vorgekommen? Denken Sie sich Bart und Brille weg.«

Frau Reh versuchte es und schüttelte den Kopf. »Nein, nein, ich weiß gar nichts mehr.« Sie sah verzweifelt aus. »Ich hab ihm einfach geglaubt. O weh, wenn die Sache rauskommt, bin ich meinen Job bestimmt los.«

»Na, so schlimm wird es schon nicht werden«, meinte Herr Schlüter.

»Kann man dadurch wirklich so einfach an die Schülerdaten rankommen?«, fragte Frau Reh.
»Für einen pfiffigen Hacker ist das kein Problem.«
»Aber wer könnte so etwas tun?«
»Entweder jemand aus der Computerarbeitsgruppe oder jemand, der sich über die Telefonleitung ins Netz einwählt«, vermutete Herr Schlüter. »Aber er kann die Daten nur bekommen, wenn der Computer eingeschaltet ist.«
»Jetzt ist er ja aus«, seufzte Frau Reh mit einem Blick auf den dunklen Bildschirm. »Meistens brauche ich ihn nur vormittags.«
Jetzt mischte sich Vanessa ein. »Hat der falsche Techniker Ihnen nicht gesagt, Sie sollen ihn übers Wochenende eingeschaltet lassen?«
»Richtig.« Frau Reh nickte.
Vanessa und ihr Vater wechselten einen Blick. Beide dachten dasselbe. Ob sich der geheimnisvolle Hacker vielleicht am Wochenende einloggte?
Herr Schlüter starrte noch einen Moment auf

den geöffneten Computer. Dann schraubte er ihn wieder zu, ohne etwas an dem Gerät verändert zu haben.
»Können Sie denn keine Sperre einbauen?«, fragte Frau Reh.
»Ich könnte das Kabel abziehen oder die Netzkarte rausnehmen«, antwortete Herr Schlüter. »Ich hab aber eine bessere Idee. Wir versuchen den Hacker auf frischer Tat zu ertappen.«
Vanessas Augen leuchteten auf. Ihren Vater hatte das Jagdfieber gepackt!
»Glauben Sie, Sie erwischen ihn?«, wollte Frau Reh wissen.
»Mit Ihrer Hilfe vielleicht. Wir brauchen übers Wochenende den Schlüssel zum Sekretariat.«
Frau Reh schluckte. Es fiel ihr sichtlich schwer, den Schlüssel aus der Hand zu geben. Damit verstieß sie bestimmt gegen ihre Dienstvorschriften.
»Wir legen uns am Wochenende auf die Lauer«, erklärte Herr Schlüter. »Ich hab einen Freund bei der Telekom. Wenn sich der Hacker wieder meldet, dann kann mein Freund den

Telefonanschluss feststellen. Und schon haben wir den Kerl.«
Ganz einfach, dachte Vanessa spöttisch. Das klingt so, als hätte Paps schon Tausende von Computerhackern gefangen. Frau Reh muss glauben, dass er 'ne ganze Sammlung davon zu Hause hat.
Vanessa stellte sich lauter kleine Monster mit Reißzähnen vor, die an ihren Käfigstäben rüttelten. Sie grinste.
Frau Reh gab sich einen Ruck. »Gut«, sagte sie. »Sie bekommen den Schlüssel.« Sie sah Vanessa an. »Freitag nach dem Unterricht treffen wir uns um ein Uhr am großen Kastanienbaum.«

Hacker um Mitternacht

»Das soll alles mit?« Nina staunte. »Brauchst du wirklich den ganzen Kram?«
Vanessa stöhnte. Wenn sie etwas machte, dann machte sie es eben gründlich. Und ein Wochenende im Sekretariat der Gebrüder-Grimm-Schule konnte endlos sein. Da musste man für alle Fälle gerüstet sein.
Vanessa stopfte alles, was ihr einfiel, in ihre Reisetasche. »Taschenlampe. Walkman. Buch. Schachspiel.« Sie sah sich suchend um.
»Warum nimmst du keine Tischtennisschläger mit?«, spottete Nina.
»Weil im Sekretariat kein passender Tisch ist, du Eierkopf.«

»Du brauchst mehr Gepäck als ich für den Skiurlaub.«
Vanessa hörte auf, in ihrer Tasche herumzukramen. »Wirst du wirklich mitfahren?«
Nina zuckte mit den Achseln. »Ich weiß nicht. Sicher wird es stinklangweilig. Lauter Weisheitsbestien und Intelligenzfüchse. Mit denen kann man bestimmt kein vernünftiges Wort wechseln.«
»Und außerdem wär's ja auch irgendwie unehrlich, findest du nicht?«
Das störte Nina weniger. »Die Sache haben die doch im Kultusministerium verbockt, nicht ich. Aber ich hab keine Lust, mich zehn Tage

lang tödlich zu langweilen.« Sie ließ sich auf Vanessas Bett plumpsen. »Deshalb werde ich höchstwahrscheinlich nicht mitfahren.«

Vanessa verstaute einen Blasebalg in der Reisetasche.

»Was willst du denn mit dem?«, wunderte sich Nina. »Ist das Wasser im Keller jetzt so hoch, dass du ein Schlauchboot brauchst?«

»Nein, aber Luftmatratzen. Oder willst du lieber auf dem Fußboden liegen?«

Nina antwortete nicht, sondern starrte auf ein Poster an der Wand. »Glaubst du, dass wir den Hacker erwischen?«

»Warum nicht?«

»Wenn wir ihn nicht kriegen, dann ist das ganze Wochenende futsch – für nichts und wieder nichts.«

»Verdammt, ich weiß!« Vanessa stampfte mit dem Fuß auf.

»Ich find's jedenfalls idiotisch, wenn wir zu viert Wache schieben«, behauptete Nina.

»Zu fünft. Vergiss meinen Vater nicht«, stellte Vanessa richtig. »Außerdem halten wir nicht gleichzeitig Wache, sondern abwechselnd. Ich hab schon einen Plan gemacht.« Sie fummelte einen zusammengeknüllten Zettel aus ihrer Hosentasche. »Hier.«

Vanessas Aufstellung reichte von Freitagnachmittag sechzehn Uhr bis Montag früh vier Uhr.

»Auweia, das sind ja sechzig Stunden! So ein Aufwand, nur wegen eines einzigen Hackers!«

»Es muss sein«, erklärte Vanessa energisch. Sie hatte die Zeit in lauter Acht-Stunden-Schichten eingeteilt.

Nina runzelte die Stirn. »Du hast dreimal Schicht mit Niklas. Ich darf zweimal mit Anton zusammenhocken. Und dein Paps macht zweieinhalb Schichten allein.«

»Was dagegen?«, fragte Vanessa pampig. Sie war so stolz auf ihre Einteilung gewesen. Ihr Vater hatte auch nichts einzuwenden gehabt.

»Warum willst du unbedingt mit Niklas Wache schieben?«, fragte Nina.

Vanessa wurde rot. »Was heißt hier unbedingt? Das hat sich einfach so ergeben, ganz zufällig.«

»Ganz zufällig«, wiederholte Nina. »Gleich

drei Schichten. Dreimal acht Stunden. Einen ganzen Tag willst du dir Niklas unter den Nagel reißen.«

»Will ich gar nicht«, widersprach Vanessa heftig.

»Dann mach's doch anders«, schlug Nina ihr vor. Ihre Augen funkelten. »Wir tauschen Anton einfach gegen Niklas aus.«

»Dann quatschst du mit Niklas wieder nur über Inline-Skates und ihr beiden passt nicht auf den Computer auf!«

»Pah! Wir passen wohl auf. Frag Niklas!«

Die beiden Freundinnen starrten einander wütend an.

Vanessa schluckte. »Weißt du was? Wir losen aus«, schlug sie dann vor.

»Meinetwegen.«

Also schrieb Vanessa »Anton« und »Niklas« auf zwei Zettel und faltete sie zusammen. Dann warf sie diese in einen leeren Jogurtbecher, schüttelte kräftig und ließ Nina ziehen.

Nina griff ohne Zögern zu und faltete den Zettel auseinander.

»Niklas!«
Vanessa biss sich auf die Lippen. Ihr fiel aber nichts ein, was die Auslosung ungültig gemacht hätte.
»Okay«, sagte sie. »Obwohl ich's besser gefunden hätte, wenn du mit Anton zusammen Wache geschoben hättest. Dann hätte sich wenigstens einer von euch mit Computern ausgekannt.«
»Wer sagt denn, dass Niklas keine Ahnung hat?«, fauchte Nina. »Der hat zufällig auch einen Computer zu Hause.«
»Woher weißt du das denn?«, fragte Vanessa überrascht.
»Weil ich ihn schon gesehen habe, deswegen.«
Das verschlug Vanessa die Sprache. Nina hatte kein Wort davon erzählt, dass sie Niklas schon einmal besucht hatte.
»An meinen Skates war 'ne Schraube locker und Niklas wollte es gleich richten«, sagte Nina. »Aber er hat nicht den passenden Schlüssel dabeigehabt. Da bin ich eben mit zu ihm gegangen.«
Bisher waren weder Vanessa noch Anton je bei

Niklas zu Hause gewesen. Seine Mutter war eine berühmte Konzertpianistin, sie brauchte ihre Ruhe und viel Zeit zum Üben. Wenn sie nicht gerade auf Konzertreisen war, hütete sie Niklas wie ihren Augapfel. Also führte Niklas notgedrungen ein Doppelleben. Seine Mutter hätte wahrscheinlich einen Herzinfarkt bekommen, wenn sie gewusst hätte, wie wild er auf seinen Inline-Skates durch die Gegend kurvte.

»Wie sieht's denn bei ihm zu Hause aus?«, fragte Vanessa neugierig.

Nina überlegte. »Hm, eigentlich steht im Wohnzimmer nur ein riesiges schwarzes Klavier …«

»Ein Flügel«, meinte Vanessa.

»Ja, und Niklas' Zimmer ist verdammt ordentlich. Er hat 'ne Menge CDs, aber fast nur klassische Sachen.« Nina verzog das Gesicht.

»Und sonst?«

»Och, eigentlich nichts weiter.«

Es war zwecklos. Vanessa fand, dass Nina eine lausige Beobachterin war. Sie hatte einfach keinen Blick für Einzelheiten.

»Außerdem war ich höchstens fünf Minuten da«, behauptete Nina. »Die Kugellager hat Niklas bei mir daheim gereinigt. Das ist 'ne Arbeit, die Zeit kostet und Dreck macht. Er wollte nicht, dass seine Mutter ihn dabei überrascht.«

Vanessa überlegte, ob sie eifersüchtig sein sollte. War es nur ein Freundschaftsdienst, Kugellager zu reinigen, oder steckte mehr dahinter?

Nina nahm sich nun Vanessas Zeitplan vor. »Du fängst mit Anton also am Freitagnachmittag an. Dein Vater löst euch ab und ich bin dann am Samstagmorgen ab acht mit Niklas dran.«

Vanessa nickte. Es war alles bestens organisiert und eigentlich konnte gar nichts schief gehen.

Trotzdem hatte Vanessa weiche Knie, als sie am Freitag nach dem Unterricht am vereinbarten Treffpunkt wartete.

Frau Reh sah sich vorsichtig um, bevor sie Vanessa den Schlüssel zusteckte. Aber es war sowieso niemand in der Nähe.

»Den Schlüssel gibst du mir am Montag wieder, genau hier, an dieser Stelle, um sieben Uhr!«, verlangte Frau Reh. »Und vergesst nicht, alles wieder aufzuräumen und eure Spuren zu beseitigen! Kurz nach sieben kommen nämlich schon die ersten Lehrer.«

Vanessa nickte. »Ehrenwort.«

»Denkt auch an Kekskrümel und Limonadenflaschen!«

»Klar.«

»Ach, mir ist gar nicht wohl dabei.« Frau Reh seufzte. »Es ist Wahnsinn. Wenn ich deinen Vater nicht so gut kennen würde, hätte ich euch den Schlüssel nie gegeben! Sicher muss ich das ganze Wochenende über an euch denken.«

»Keine Sorge, es geht bestimmt alles in Ordnung«, versprach Vanessa. »Sie können sich auf uns verlassen.«

»Na dann, viel Glück«, meinte Frau Reh. »Hoffentlich erwischt ihr den Hacker.«

»Das hoffen wir auch.« Vanessa steckte den Schlüssel in ihre Jeans.

Drei Stunden später beobachteten Anton, Vanessa und Herr Schlüter das Schulgebäude.

»So ein Mist, ausgerechnet heute sind die Putzfrauen noch da«, stellte Anton fest.
Sie warteten zehn Minuten, die ihnen wie eine Ewigkeit vorkamen. Endlich verließen die beiden Frauen das Schulgebäude. Eine schwang sich aufs Fahrrad, die andere ging zu Fuß in Richtung U-Bahn-Station.
Jetzt war die Luft rein.
»Hoffentlich laufen wir nicht dem Hausmeister über den Weg«, murmelte Vanessa.
Herr Schlüter sperrte mit Frau Rehs Schlüssel die Eingangstür auf. Das Schulgebäude war wie ausgestorben, ganz ungewohnt. Sie gingen die Treppe hinauf zum Sekretariat. Vanessa war so nervös, dass sie ständig über die Schulter schaute, während ihr Vater die Tür aufschloss.

»Was sollen wir bloß tun, wenn der Direx kommt und uns entdeckt?«

»Dann lösen wir uns einfach in Luft auf«, schlug Anton vor. Er sah Vanessa an. Sie war ziemlich blass. Er fühlte sich selbst auch nicht besonders wohl in seiner Haut. Am gelassensten war noch Herr Schlüter.

»So, da wären wir«, sagte er und stellte Vanessas Reisetasche auf den Boden. »Ihr könnt schon mal die Luftmatratzen aufpumpen.«

Vanessa und Anton fingen an, ihr Gepäck auszupacken. Getränke, belegte Brote, Schokolade, Spiele – es sah fast so aus, als wollten sie im Sekretariat eine Party feiern. Anton faltete die Luftmatratzen auseinander und Vanessa trat

auf den Blasebalg. Unterdessen kümmerte sich Herr Schlüter um den Computer.
»Wie merken wir eigentlich, wenn der Hacker da ist?«, fragte Anton. »Sehen wir das auf dem Bildschirm?«
»Nein«, sagte Herr Schlüter. »Ihr merkt es nur daran, dass die Festplatte plötzlich arbeitet. Ihr kennt doch das leise Geräusch, das die Festplatte dabei macht. Außerdem leuchtet hier ein Lämpchen auf.« Er zeigte auf die Stelle am Computer.
Vanessa und Anton nickten. »Kapiert«, sagte Anton. »Wir müssen wirklich höllisch aufpassen. Eigentlich wär's mir lieber, wenn auf dem Bildschirm HALLO, HIER BIN ICH! stehen würde!«
»Ihr wisst, was ihr zu tun habt, wenn sich der Hacker meldet?«, vergewisserte sich Herr Schlüter.
»Wir rufen dich sofort an«, sagte Vanessa.
Herr Schlüter würde dann unverzüglich seinen Freund Nils Graf benachrichtigen, der bei der Telekom arbeitete.
»Nils hat inzwischen eine Fangschaltung ge-

legt und damit lässt sich die Nummer des Anrufers rauskriegen«, erklärte Herr Schlüter.
»Hoffentlich hackt der Typ dieses Wochenende auch tatsächlich«, meinte Vanessa.
Herr Schlüter wandte sich zum Gehen. »Also dann viel Spaß. Ich löse euch um Mitternacht ab. Aber denkt dran: Macht kein Licht. Höchstens mit der Taschenlampe. Seid aber vorsichtig, man könnte den Schein von draußen sehen.«
Anton begleitete Herrn Schlüter nach unten und schloss hinter ihm den Eingang ab. Dann kam er ins Sekretariat zurück.
»Ich glaube, ich sterbe vor Angst«, gestand Vanessa.
»Quatsch.« Er ließ sich auf die Luftmatratze plumpsen und griff nach einer Rolle Schokokekse. »Eigentlich ist es doch richtig gemütlich.«
»Gemütlich? Na ja, ich weiß nicht.« Vanessa setzte sich auf die andere Matratze und kramte ihr Buch aus der Tasche. Sie schlug es auf, aber sie konnte sich nicht recht konzentrieren.
»Mümmel doch nicht so laut!«

»Ich mümmel gar nicht!«, widersprach Anton. Vanessa legte ihr Buch zur Seite. Es wurde allmählich dunkel. Sie holte aus ihrer Reisetasche ein kleines Windlicht und riss ein Streichholz an.
»Willst du die Schule abfackeln?«
»Quatsch!« Vanessa stellte das brennende Windlicht auf den Boden. »Das Licht sieht man von draußen bestimmt nicht. Wenn wir ganz im Dunkeln hocken, pennen wir noch ein.«
Die kleine Flamme flackerte vor sich hin.
»Glaubst du, der Hacker rührt sich?«
»Keine Ahnung«, brummte Anton.
Sie warteten. Die Zeit verging quälend langsam. Einmal musste Anton aufs Klo, dann Vanessa. Es war ein merkwürdiges Gefühl, mit der Taschenlampe durch das verlassene Schulgebäude zu schleichen. Die Wasserspülung war fürchterlich laut in dem leeren Gebäude.
»Was Neues?«, fragte Vanessa, als sie zurückkam.
Anton schüttelte den Kopf. »Nichts. Total tote Hose.«

Um zehn Uhr nickte Vanessa ein und ihr Kopf sank auf Antons Schulter. Anton fand es ganz wunderbar. Er wagte kaum zu atmen. Hoffentlich meldete sich jetzt der Hacker nicht und verdarb alles.

Antons Wunsch wurde erhört. Der Computer blieb stumm. Antons Schulter wurde immer steifer. Kurz vor Mitternacht weckte Anton Vanessa.

»Ist er da?«, murmelte Vanessa schlaftrunken. Sogar im Halbschlaf wusste sie noch, worum es ging.

»Nein, aber dein Vater wird gleich kommen.«

Anton bewunderte Vanessa. Er selbst schaltete im Schlaf immer völlig ab und träumte sich das abenteuerlichste Zeug zurecht. Wenn ihn seine Mutter morgens weckte, brauchte er manchmal volle zehn Minuten, um zu kapieren, dass er nicht wirklich von grimmigen, schweinsrüssligen Gorgulanern gefangen worden war.

Vanessa gähnte und rückte von Anton ab. »Wie spät ist es?«

»Gleich Mitternacht.«

Anton und Vanessa zogen sich ihre Jacken an, dann trabten sie nach unten, um Herrn Schlüter reinzulassen. Sie brauchten gar nicht lange zu warten, er kam schon über den dunklen Schulhof.

»Hier ist die Ablösung«, erklärte er vergnügt.

Anton übergab ihm den Schlüssel. Wenig später saßen er und Vanessa bei Frau Schlüter im Auto. Sie hatte ihren Mann hergefahren.

Anton war hundemüde und bekam kaum noch mit, wie Frau Schlüter schimpfte. Sie war gar nicht begeistert von der ganzen Aktion.

»So was Hirnrissiges, die Nacht im Schulhaus zu verbringen!«, sagte sie, als sie vor dem Haus hielt, in dem Anton wohnte.

»Schlaf gut, Anton«, rief Vanessa. »Ich ruf dich an, wenn's was Neues gibt.«

»Okay.« Anton winkte matt. »Gute Nacht!«

Doch es gab keine Neuigkeiten – weder in dieser Nacht noch am Samstag. Auch nicht am Sonntagvormittag. Niklas und Nina waren genauso enttäuscht.

»War ja 'ne tolle Idee, wirklich«, sagte Nina. »Am liebsten würde ich jedes Wochenende so verbringen.«

»Heute meldet sich der Hacker«, verkündete Vanessa, als sie und Anton am Sonntagnachmittag ihre letzte Schicht antraten und Niklas und Nina ablösten.

»Du hast wohl mit ihm telefoniert?«, fragte Niklas ironisch.

»Nein, ich spüre es im kleinen Zeh«, entgegnete Vanessa.

»Dann hast du wahrscheinlich Magnesiummangel und im Moment einfach 'nen Krampf im Zeh.« Nina tippte sich an die Stirn.

»Wollen wir noch 'ne Runde skaten, Nina?«, fragte Niklas. »Ich brauch jetzt noch ein bisschen Bewegung.«

Nina fand den Vorschlag natürlich super.
Vanessa sah den beiden durch die Glastür nach.
»Mir kommt's schon so vor, als wären wir hier zu Hause«, meinte Anton, als sie das Sekretariat betraten. »Morgen wird mir direkt was fehlen.«
Sie spielten Schach, bis es zu dunkel war. Dann hockten sie nebeneinander und beobachteten den Computer.
»Um wie viel Uhr sich der Hacker meldet, verrät dir dein kleiner Zeh nicht?«, fragte Anton.
»Wenn ich das so genau wüsste, dann würden wir hier wohl nicht umsonst rumsitzen«, fauchte Vanessa.

Aber es war genauso wie bei den anderen Schichten: Nichts geschah. Vanessa wurde immer einsilbiger. Schließlich war es fast Mitternacht.

»Ich hätte schwören können, dass heute was passiert«, murmelte sie. In diesem Augenblick leuchtete am Computer ein Lämpchen auf. Ein leises Klappern verriet, dass die Festplatte anfing zu arbeiten.

»Er ist da!«, wisperte Vanessa.

Anton fühlte, wie sich seine Nackenhaare sträubten. Es war auch zu unheimlich. Der Computer arbeitete, ohne dass jemand im Raum den Befehl dazu gegeben hatte. Der Hacker war weit weg, er saß irgendwo in der Stadt, vielleicht auch ganz woanders, und von dort aus loggte er sich in den Schulcomputer ein.

»Wir müssen Paps anrufen«, murmelte Vanessa.

Mit zitternden Fingern griff sie zum Hörer und wählte die Nummer. Bei ihr zu Hause nahm niemand ab.

»Zu blöd.« Vanessa legte wieder auf. »Meine

Eltern sind wohl gerade auf dem Weg hierher.«

»Hoffentlich bleibt er lange genug«, flüsterte Anton. Beide trauten sich nicht, laut zu reden, als könnten sie den Hacker damit vertreiben.

»Kannst du nicht selbst den Freund von deinem Vater bei der Telekom anrufen?«, schlug Anton vor, während Vanessa von einem Fuß auf den anderen trat.

»Nee, ich weiß die Nummer nicht.«

Mit diesem Fall hatten sie nicht gerechnet. Vanessa hielt es nicht mehr aus. Jetzt war der Hacker dran, aber er konnte ihnen jeden Moment wieder entwischen.

»Ich schau nach, ob Paps kommt.« Sie verließ das Sekretariat, rannte die Treppe hinunter und lief zur Eingangstür.

Der Schulhof lag schwarz und leer da. Vanessa zitterte vor Aufregung. Wo blieb ihr Vater nur? Nach einer Ewigkeit entdeckte sie auf der anderen Seite des Schulhofs eine dunkle Gestalt. Vanessa vergaß alle Vorsicht, sie schrie und winkte.

»Los, er ist da, wir haben ihn, wir haben ihn!«
Zum Glück war es tatsächlich Herr Schlüter. Er begann zu rennen.

»Wirklich?«

»Beeil dich!«

Sie rannten zusammen ins Sekretariat. Die Festplatte arbeitete noch. Herr Schlüter rief sofort seinen Freund bei der Telekom an.

Anton und Vanessa starrten auf den schwarzen Bildschirm.

»Wo er wohl gerade rumpfuscht?«

»Ob man sich mit ihm verständigen könnte?«, überlegte Vanessa.

Herr Schlüter hatte sein Telefonat beendet und den letzten Satz gehört.

»Gute Idee.« Er grinste. »Mal sehen, ob ich dem Kerl einen kleinen Schrecken einjagen kann.«

Er fand sich auch im Dunkeln auf der Tastatur zurecht. Vanessa und Anton konnten gar nicht so schnell schauen, wie Zeichen und Zahlen auf dem Bildschirm erschienen.

»Aha, Passwort geknackt.« Herr Schlüter lachte zufrieden vor sich hin. Schülerlisten flackerten auf und verschwanden. Herr Schlüter tippte emsig:

Hallo, Hacker!

Das mit dem Techniker war ein toller Trick, aber findest du das wirklich gut, was du gerade machst?

Lass lieber die Pfoten weg!
Grüße von den Mitternachtsjägern

»Mal sehen, was er jetzt macht«, murmelte Herr Schlüter.
Vanessa und Anton warteten gespannt. Konnte der Typ die Nachricht lesen? Wie würde er reagieren?
Es geschah gar nichts.
Herr Schlüter drückte ein paar Tasten. »Er ist weg«, sagte er. »Er hat sich wahrscheinlich sofort ausgeklinkt.«
»Der ist vor Schreck ohnmächtig vom Stuhl gefallen«, vermutete Anton. »Geschieht ihm recht.«
»Ende der Vorstellung«, sagte Herr Schlüter und tippte wieder auf den Tasten herum.

»Was tust du da?«, fragte Vanessa.
»Ich formatiere die Festplatte.«
»Aber dann werden doch alle Daten gelöscht«, rief Vanessa erschrocken.
»Genau das ist meine Absicht. Keine Angst, das ist keine große Katastrophe. Ich weiß, dass Frau Reh von allen Daten auf der Festplatte Sicherheitskopien hat. Nur die neuesten Daten müssen nachgetragen werden. Aber für die Notenstatistik zum Beispiel haben die Lehrer ja noch ihre Notenbücher.«

Wenig später war alles gelöscht. Herr Schlüter entfernte auch die Netzkarte und das überzählige Kabel, während Vanessa und Anton ihre Sachen zusammenräumten.

»Hoffentlich konnte Nils feststellen, woher der Anruf kam«, meinte Herr Schlüter und hob eine Papiertüte auf, die Vanessa und Anton übersehen hatten. »Ich bin ja sehr gespannt, wer hinter der Sache steckt.«

»Und wir erst«, meinte Anton.

»Das war eine Nacht«, sagte Vanessa. »Auf meinen kleinen Zeh ist doch Verlass, oder?«

Zahnschmerzen und eine Verfolgungsjagd

Anton konnte kaum schlafen. Er wälzte sich im Bett herum und schwitzte. Ab und zu nickte er für ein paar Minuten ein und dann träumte er wirres Zeug von Händen, die aus dem Computer kamen und nach seiner Keksrolle griffen.
Als er morgens hörte, dass seine Eltern aufgestanden waren, kroch er aus dem Bett und tappte in die Küche.
»Hat Vanessa schon angerufen?«, fragte er.
»Liebling, es ist halb sieben«, erwiderte Frau Dachs, die sich langsam über nichts mehr wunderte. »Vanessa liegt bestimmt noch im Bett.«

Anton ließ sich auf einen Küchenstuhl fallen. Er platzte fast vor Ungeduld. Ob die Schlüters rausgekriegt hatten, wer der Hacker war? Am liebsten hätte er sofort bei Vanessa angerufen, aber seine Mutter hielt ihn zurück.

»Du hast wohl 'ne Meise«, schimpfte sie. »Um diese Zeit! Willst du Ärger kriegen?«

Das wollte Anton natürlich nicht. Er beherrschte sich bis halb acht. Dann durfte er endlich telefonieren.

Aber Vanessa war schon weg.

»Sie wird dir in der Schule alles erzählen.« Mehr war aus Frau Schlüter nicht rauszukriegen. Wirklich gemein, wie man ihn auf die Folter spannte! Die U-Bahn fuhr ihm heute viel zu langsam. Zwei Minuten vor acht schlüpfte er ins Klassenzimmer und konnte gerade noch ein paar Worte mit Vanessa wechseln.

»Mein Vater ist beim Zahnarzt«, erzählte sie. »Er kommt nachher in der Pause vorbei und sagt uns, was er rausgekriegt hat.«

Anton runzelte die Stirn. »Was macht er denn beim Zahnarzt?«

»Die Nummer, die Nils rausgefunden hat, ist

die Privatnummer von unserem Zahnarzt, Doktor Essel. Da staunst du, was? Mein Vater hat sich daraufhin Zahnschmerzen zugelegt und gleich heute früh einen Termin bei Doktor Essel gekriegt.«

Es gongte. Herr Miers, ein Vorbild an Pünktlichkeit, kam schon zur Tür herein und Anton musste sich auf seinen Platz setzen. Er grübelte über das, was Vanessa erzählt hatte. Warum hackte ein Zahnarzt im Schulcomputer herum?

In der Pause stand Herr Schlüter auf dem Schulhof und machte ein gequältes Gesicht.

»Ich hätte mir nicht träumen lassen, was der Zahnarzt alles bei mir gefunden hat. Entsetzlich. Die Behandlung wird sich über Wochen hinziehen. Neue Kronen, Wurzelbehandlung ... Ich darf gar nicht daran denken. Dabei hatte ich heute früh gar keine Schmerzen, das war alles nur gespielt ...«

»Armer Paps«, sagte Vanessa mitleidig. »Wo du doch solche Angst vor dem Zahnarzt hast.«

Herr Schlüter nickte. »Deswegen bin ich ja jahrelang nicht mehr hingegangen. Was ein

Fehler war. Jetzt habe ich die Quittung gekriegt.«
»Und was haben Sie über den Hacker rausgefunden?«, fragte Niklas gespannt.
»Tja, ich bin zwar ein armes Würstchen, aber es sieht so aus, als gäbe es noch mehr von der Sorte. Wilfried Essel zum Beispiel. Das ist der Zahnarztsohn. Doktor Essel hat mir fast die ganze Zeit von ihm erzählt. Der arme Kerl macht im nächsten Jahr Abitur und soll Zahnmedizin studieren, damit er später mal die Praxis übernehmen kann. Aber offenbar interessiert sich Wilfried viel mehr für Computer. Doch Dr. Essel ist davon überzeugt, dass er ihm diese Flausen austreiben kann.« Herr Schlüter sah die Kinder an. »Kennt ihr diesen Wilfried? Er muss hier an der Schule sein.«
Nina wusste, wer der Junge war. »So 'n blasser Typ mit Brille.«
»Und der ist der Hacker?«, platzte Anton heraus.
Herr Schlüter nickte. »Höchstwahrscheinlich. Ich nehme an, er hat seine Noten ein bisschen korrigiert, damit er die Wünsche seiner Eltern

erfüllen kann. Um Zahnmedizin studieren zu können, muss man nämlich einen sehr guten Notendurchschnitt haben.« Er seufzte. »Der Junge kann einem eigentlich Leid tun. Es ist schlimm, wenn man so ehrgeizige Eltern hat. Die wissen gar nicht, was sie ihren Kindern antun.«

Niklas stöhnte. Er konnte ein Lied davon singen. Seine Mutter stellte sich auch immer vor, dass er einmal in ihre Fußstapfen treten würde. Dabei hatte er gar keine Lust, herumzureisen und Klavierkonzerte zu geben.

»So, jetzt wisst ihr alle Neuigkeiten«, sagte Herr Schlüter. »Mit mehr Informationen kann ich euch im Moment nicht dienen. Jetzt muss ich wieder los, ich steh nämlich im Park-

verbot.« Er verabschiedete sich und verschwand.
»Hm, was machen wir jetzt mit diesem Wilfried?«, überlegte Vanessa. »Ich finde ja, dass wir ihm mal ins Gewissen reden sollten. Wir sagen ihm, dass wir ihn nicht verraten, aber er soll diese dummen Spielchen in Zukunft lassen.«
Nina zuckte mit den Schultern. »Er kann ja ohnehin nichts mehr anstellen, nachdem dein Vater das Kabel abgemacht hat.«
»Trotzdem«, mischte sich Niklas ein. »Ich bin auch der Meinung, dass wir uns den Typen mal vorknöpfen sollten.«
Sie hielten Ausschau, aber in der Ecke, in der die Achtzehn- und Neunzehnjährigen gewöhnlich standen, war Wilfried nicht. Dann gongte es auch schon und die Pause war zu Ende.
In der zweiten Pause hatten sie auch kein Glück. Niklas schlug vor, Wilfried gleich nach Schulschluss einen Besuch abzustatten.
»Zu Hause treffen wir ihn am ehesten.«
Nina wollte nur mitmachen, wenn sie ihre Inline-Skates anziehen konnte. »Mein Training

kommt in letzter Zeit total zu kurz«, behauptete sie.
»Meins auch«, meinte Niklas.
Vanessa und Anton wechselten einen Blick. »Na gut, dann gehen wir heim und holen alle unsere Skates«, sagte Vanessa. »Wir treffen uns am Uferkai. Dr. Essel wohnt in der Hegelstraße, das ist gar nicht weit von dort.«
Alle kamen pünktlich zum Treffpunkt. Vom Uferkai aus ging es durch verschiedene Nebenstraßen weiter. Schließlich bogen sie in eine Allee ein. Die Bäume links und rechts reckten ihre kahlen Zweige in die Luft. Hinter den Zäunen und Hecken standen alte Villen.
»Ein ganz schön nobles Viertel«, meinte Niklas und pfiff durch die Zähne.
Sie fuhren zu zweit nebeneinander auf dem Gehsteig entlang. Vanessa wechselte an Niklas' Seite. »Du, Niklas, zeigst du mir demnächst mal, wie man Kugellager reinigt? Ich glaube, meine Rollen laufen nicht mehr so gut.«
Niklas sah Vanessa überrascht an. »Klar, das mach ich, keine Frage.«

Vanessa lächelte.
»Das hier ist schon die Hegelstraße«, unterbrach Anton ihr Gespräch. »Wo wohnt denn der Typ?«
»Nummer neununddreißig«, antwortete Vanessa.
Sie mussten noch eine Seitenstraße überqueren, dann standen sie vor dem Haus, das Dr. Esel gehörte. Es war eine altertümliche Villa, mit einem schönen, parkähnlichen Garten.
»Hier ist es«, sagte Vanessa.
»Und wenn mich nicht alles täuscht, ist dort drüben schon unser Freund«, meinte Nina und deutete nach links.
In der Einfahrt stand ein klappriges Auto, das aussah, als würde es die nächste Fahrt zum Supermarkt garantiert nicht mehr überstehen. Ein dünner junger Mann war damit beschäftigt, verschiedene Kisten und Kartons ins Auto zu laden. Dabei ging der Wagen sichtlich in die Knie.
»Sieht aus, als wollte da jemand seine Zelte abbrechen«, murmelte Niklas. »Hey, Hacker!«, rief er laut.

Wilfried Essel erschrak so, dass er eine Schachtel fallen ließ. Bücher und Hefte purzelten auf den Boden. Hastig raffte er alles zusammen und warf den Karton auf den Rücksitz.
»Jetzt kriegst du wohl Panik«, schrie Nina. »Du hast ganz schön Mist gebaut.«
Wilfried wurde noch eine Spur blasser. Er sprang hinters Steuer und ließ den Motor an. Gleich darauf rumpelte der Wagen in einem Affentempo rückwärts die Einfahrt hinunter.
»Der will einfach abhauen«, rief Nina. »Los, wir blockieren das Tor.« Sie sauste los.
Doch es war zu spät. Der Wagen holperte schon über den Gehsteig auf die Straße. Wilfried riss das Steuer herum, legte den ersten Gang ein und trat aufs Gaspedal. Der Motor jaulte auf und die Schrottkarre machte einen Satz vorwärts. Eine Sekunde bevor Nina den Wagen erreicht hatte, rumpelte er davon.
Niklas kombinierte blitzschnell.
»Er will sicher auf die Autobahn. Der Lerchenweg ist eine Einbahnstraße, da kann er nur links abbiegen. Er muss also einen Umweg

machen. Wenn wir durch die Fußgängerzone fahren, können wir ihm den Weg abschneiden. Vielleicht erwischen wir ihn noch. Los! Kommt!«

»Den kriegen wir«, sagte Nina und flitzte mit Niklas los. Anton und Vanessa liefen den beiden hinterher.

Es war eine rasante Fahrt. Zum Glück war der Gehweg erst vor kurzer Zeit erneuert worden und jetzt gut für Inline-Skates geeignet.

Anton durfte gar nicht daran denken, was bei diesem Affentempo alles passieren konnte. So schnell fuhr er normalerweise nie, aber diesmal ging es ums Ganze.

Niklas fuhr voraus. Nina stand ihm an Geschicklichkeit kaum nach. Ohne das Tempo wesentlich zu drosseln, wechselten sie die Straßenseite. Vanessa bremste ab.

»So schnell kann ich nicht. Das ist ja Wahnsinn.«

Niklas und Nina warteten an einer Unterführung. Als Vanessa und Anton nachkamen, fuhren sie den schmalen Steg hinunter, der für Kinderwagen und Fahrräder gedacht war.

Vanessa schluckte und griff nach Antons Hand. »Wenn's dir nichts ausmacht …« Seit sie sich den Knöchel beim Skaten gebrochen hatte, war sie vorsichtig geworden.
Natürlich machte es Anton nichts aus, Vanessas Hand zu halten. Im Gegenteil, er war selig. In diesem Augenblick wusste er, dass sich die ganze Sache schon deshalb gelohnt hatte, um jetzt Vanessas Hand zu halten.
Niklas und Nina waren inzwischen weit voraus und stiegen auf der anderen Seite die Treppe wieder hinauf.
»Den kriegen wir noch«, zischte Niklas. »Das wäre doch gelacht.«
Sie sausten durch die Fußgängerzone, fuhren Slalom zwischen Leuten und Hunden und störten sich nicht an den schimpfenden Passanten. Niklas sprang über einen Papierkorb und bog dann scharf nach rechts in eine Seitengasse ein.
»Komm, Nina, das ist eine Abkürzung.«
Das Kopfsteinpflaster war zum Fahren überhaupt nicht geeignet, aber an den Seiten zog sich ein schmaler Bürgersteig entlang. Er war

kaum einen halben Meter breit, aber für einen geübten Fahrer wie Niklas reichte auch das. Jetzt hatte sogar Nina etwas Mühe, ihm zu folgen.
Sie kamen an eine Kreuzung.
»Dort drüben geht's zur Schnellstraße«, erklärte Niklas. »Da muss er entlangkommen. Hoffentlich sind wir noch nicht zu spät dran. Aber unsere Chancen sind gut. Der Hacker muss ja an allen Ampeln warten.«
Nina beschirmte die Augen und hielt Ausschau nach dem grünen Auto. Es war nichts zu sehen. »Mist, jetzt ist er uns doch entwischt!«, meinte Nina, als Anton und Vanessa angekeucht kamen.

»Verflixt noch mal!«

»Nein, da kommt er!« Niklas hatte Wilfrieds alten Wagen erspäht. »Los, wir hängen uns alle an sein Auto dran!«

Vanessa tippte sich an die Stirn. »Bist du lebensmüde?«

»Quatsch! Ich weiß selbst, wie gefährlich das ist«, gab Niklas zurück. »Der Hacker muss vor der Ampel warten. Dann starten wir durch.«

Als die Ampel auf Rot schaltete, überquerten die Skater die Straße. Nina und Niklas hängten sich an die Fahrerseite, Vanessa und Anton klammerten sich an die Seite gegenüber.

Wilfried starrte erschrocken aus dem Fenster, erst nach links und dann nach rechts.

»Was wollt ihr von mir?« Er kurbelte die Scheibe ein Stück herunter. »Lasst das Auto los, ich hab's eilig.«

»Wir wollen mit dir reden«, rief Vanessa.

»Was du tust, ist doof«, brüllte Nina.

»Abhauen ist keine Lösung«, schrie Anton.

»Ich hab 'n ähnliches Problem«, sagte Niklas.

»Ich hab kein Problem, verdammt!«, fauchte

Wilfried. »Und jetzt haut ab, es wird gleich grün.«
»Wir lassen nicht los«, rief Nina.
»Ja, wenn du nicht mit uns reden willst, dann musst du uns mitnehmen«, sagte Niklas.
»Ich fahr einfach los«, drohte Wilfried. »Haut ab, ich sag's nur einmal.«
Aber Vanessa sah, wie seine Hände das Lenkrad umkrampften.
Die Ampel wurde grün. Der Wagen vor Wilfried fuhr los. Hinter ihm begann ein Hupkonzert.
»Ich fahre«, sagte Wilfried und schloss die

Augen. »Ich nehme wirklich keine Rücksicht.« Er ließ die Hände sinken. »Ich …« Er sah aus, als würde er gleich anfangen zu heulen.

»Mensch, krieg keine Krise«, meinte Niklas. »Wir wollen ja bloß mit dir reden, sonst nichts. Gleich drüben vor dem Hotel ist ein Parkplatz.«

»Okay«, sagte Wilfried langsam. »Ihr habt gewonnen.«

Hinter ihnen drohte schon ein Autofahrer, die Polizei zu rufen, wenn die Straße nicht gleich freigegeben würde.

Niklas, Anton, Nina und Vanessa fuhren auf den Gehsteig. Das grüne Auto rollte ebenfalls los.

»Ob er wirklich auf den Parkplatz fährt?«, zweifelte Nina. Sie streckte einem wütenden Autofahrer die Zunge heraus. »Reg dich ab, Typ, das ist schlecht für den Blutdruck.«

»Er blinkt«, stellte Anton fest.

Das grüne Auto bog auf den Hotelparkplatz ein. Wilfried stieg aus und lehnte sich an den Wagen.

»Der sieht ja echt fix und fertig aus«, sagte Vanessa.

»Meinst du den Hacker oder den Wagen?«, fragte Niklas.

»Beide«, antwortete Nina an Vanessas Stelle.

Wenig später umringten die vier den Oberstufenschüler.

»Was wollt ihr von mir?«, fragte Wilfried tonlos.

»Ich wollte mich bedanken«, sagte Nina. »Deinetwegen hab ich 'ne Einladung ins

Sporthotel gekriegt. Es ist schon ein tolles Gefühl, wenn man so unerwartet Jahrgangsbeste wird.«

Wilfried lächelte schwach.

»Ich hab die letzte Mathearbeit völlig versiebt«, erzählte er. »Mein Vater wird verrückt, wenn ich den Notendurchschnitt fürs Medizinstudium nicht schaffe. Da ist mir die Idee mit dem Computer gekommen.«

»Und warum hast du auch meine Noten verändert?«, fragte Nina.

»Oh, ich hab eine ganze Menge Noten verändert«, sagte Wilfried. »Aber immer nur zum Besseren hin. Ich hab keinen schlechter gemacht, ehrlich.«

»Und warum hast du das getan?«

»Ich wollte nicht, dass man mir so schnell auf die Schliche kommt. Aber das hat nicht ganz funktioniert, fürchte ich. Wie seid ihr bloß dahinter gekommen?«

Nina erzählte von dem Brief. Wilfried machte ein gequältes Gesicht.

»Es geht eben alles irgendwie schief, was ich anfange.«

»Quatsch«, sagte Vanessa. »Was Computer angeht, kennst du dich doch echt toll aus. Das Passwort ist nicht einfach zu knacken, sagt mein Vater. Der ist Programmierer.«

»Ja?«, fragte Wilfried interessiert. »Ich hab auch schon mal ein paar Programme geschrieben. Aber ich weiß nicht, ob sie was taugen.«

»Du kannst sie ja mal meinem Vater zeigen«, schlug Vanessa ihm vor.

»Hm.« Wilfried zögerte. »Mein Vater findet, dass ich viel zu viel Zeit mit Computern verschwende. Ich soll lieber für die Schule lernen oder mich in seiner Praxis umsehen.« Er runzelte die Stirn. »Dabei hasse ich alles, was mit Zähnen zusammenhängt. Plomben, Kronen, Weisheitszähne – davon krieg ich Alpträume.«

»Und deswegen wolltest du abhauen?«, fragte Niklas.

»Ich hab einen Freund in Berlin, bei dem könnte ich sicher eine Weile wohnen«, murmelte Wilfried. »Obwohl's blöd ist – so kurz vor dem Abitur. Aber den verdammten Notendurchschnitt schaffe ich sowieso nicht.«

»Hast du denn schon mal mit deinem Vater geredet?«, fragte Vanessa.
Wilfried senkte den Kopf. »Ach, der hört mir ja sowieso nicht zu. Der lebt und stirbt für seinen Beruf. Er kann gar nicht begreifen, dass es Leute gibt, denen Zähne schnurzegal sind.«
»Du solltest aber wirklich mal mit deinem Vater sprechen«, betonte Vanessa. »Vielleicht kann dich mein Vater ein bisschen unterstützen. Dein Vater und mein Paps werden näm-

lich in der nächsten Zeit 'ne Menge miteinander zu tun haben – rein geschäftlich.«

»Wieso? Will sich mein Vater eine neue Computeranlage anschaffen?«, fragte Wilfried verblüfft.

»Nee, aber mein Paps muss dringend seine Zähne renovieren lassen«, erwiderte Vanessa und grinste.

Marliese Arold

Angel

Die Geschichte eines Straßenkids

Band 80306

Svenja wird fünfzehn, hält es zu Hause nicht mehr aus. Ihr Vater ist bereits ausgezogen, die Mutter ist Alkoholikerin. Sie reißt aus. Auf der Straße lernt sie einen jungen Drogensüchtigen kennen. Er bringt sie zu Nico und ihrer Bande. Sie entdeckt ihr Talent zum Betteln. Schon bald hat sie ihren Spitznamen: Angel.

Erzählt wird von zwei unterschiedlichen Mädchen, Svenja und Nico, einem Leben auf der Straße, das bestimmt wird von Drogen, Armut und Gewalt.

generation

fi 6045 / 1

generation

Weitere Titel in der Reihe ***generation:***

Marliese Arold
Angel
Die Geschichte eines Straßenkids
Band 80306

Melvin Burgess
Junk
Band 80262

Kéthévane Davrichewy
Schokoladeneis
Band 80304

Norma Klein
Familienbande
Band 80312

Gerd Fuchs
Easy und Scheer
Band 80207

Christian Lehmann
Spiel um dein Leben
Ein Computerthriller
Band 80313

Leonie Ossowski
Die große Flatter
Band 80305

David Chotjewitz
Tödliche Safari
Band 80206

fi 6052 / 2

Fischer Schatzinsel

Bücher ab 10 Jahren

Janusz Korczak
Kaitus oder Antons Geheimnis
Band 80008

Dieter Kühn
Der fliegende König der Fische
Band 80199
Prinz Achmed und die Pferde des Sultans
Band 80111

Michael Morpurgo
Der Tag der Schildkröte
Band 80259

Mary Norton
Die Borger
Band 80062
Die Borger auf dem Fluß
Band 80088
Die Borger in den Feldern
Band 80087
Die Borger in den Lüften
Band 80089
Die Borger am Ziel
Band 80090

Ivo van Orshoven
Die Jagd nach dem Geisterschatz
Band 80275

Gary Paulsen
Allein in der Wildnis
Band 80202
Der Fluß
Band 80243
Lied der Wildnis
Band 80022
Foxman
Band 80031
Eine Weihnachtsgeschichte
Band 80268

Daniel Pennac
Afrika und Blauer Wolf
Band 80219
Der Hund und das Mädchen
Band 80270

Jo Pestum
Cowboys weinen nicht
Band 80045
Heinrichs Geheimnis
Band 80167
Die Waldläufer
Band 80014

Fischer Taschenbuch Verlag

fi 6036 / 9 b